NA SELVA DO AMOR
VOCÊ FOI MINHA BÚSSOLA

FREQUÊNCIA
121.5

SAMUEL DRACULLIA

FREQUÊNCIA 121.5

Grafia segundo o Acordo Ortográfico da Língua Portuguesa de 1990, que entrou em vigor no Brasil em 2009.

TÍTULO ORIGINAL
Frequência 121.5

CAPA
Samuel Dracullia

IMAGEM DE CAPA
PNGTree / PNGWing

ARTE
Samuel Dracullia

ILUSTRAÇÕES
PNGWing

REVISÃO
Larissa Rodrigues Rosa

D757f Dracullia, Samuel, 2021

Frequência 121.5 / Samuel Dracullia – Kindle Direct Publishing (KDP)
2021

ISBN: 9798786308786

1.Treinamento na Selva 2.LGBTQIA+
3.Romance – Ficção. I. Autor II. Título

82-3   CDD-870

Também de Samuel Dracullia:

Delicadamente Fatal

Forelsket

PARA HÉLIO

POR ME FAZER TER ESPERANÇAS
EM UM FUTURO INCERTO.

SUMÁRIO

PRÓLOGO

Lucas escutou o despertador do celular tocar, abriu um dos olhos com dificuldade, sentiu a boca seca, resmungou, desligou o despertador e virou-se para o outro lado. Seu corpo relaxou em baixo da coberta quente e o sono o tomou novamente, no entanto seus olhos arderam assim que uma luz repentina surgiu, ele resmungou irritado escondendo o rosto no travesseiro.

– Acorda Lucas, você vai perder a hora – falou sua tia Márcia.

– Só mais cinco minutos tia – disse com a voz rouca.

– Anda, o ônibus sai em uma hora, venha tomar café! – falou ela entrando no quarto – Que quarto bagunçado, meu Deus. Vai se arrumar, seu vô irá te levar na rodoviária.

– Tudo bem – falou Lucas olhando para ela com um olho aberto e outro fechado.

– Você está com as passagens? – perguntou ela.

– Estão em cima da cômoda – Lucas respondeu.

– E o hotel? – perguntou.

– Já está reservado – respondeu ele.

– Certo, agora anda logo, toma um banho rápido e vai tomar café – falou ela deixando o quarto e Lucas concordou com a cabeça.

Os últimos dois dias haviam sido corridos para Lucas. Esteve ocupado comprando suprimentos, tentando encontrar uma lanterna barata, o repelente foi o item mais fácil de encontrar, a capa de chuva, por sorte, conseguiu emprestar dos seus amigos, no entanto, o que mais lhe deu trabalho foi separar as roupas adequadas e organizar tudo isso em apenas uma mochila.

Desde que começou o curso de Comissário de Voo há oito meses, ele sabia que esse momento chegaria, todas as matérias foram feitas na plataforma virtual, no entanto a última etapa do curso era presencial e finalmente esse momento havia chegado. O treinamento de sobrevivência na selva.

Lucas olhou para a mochila arrumada no canto da cama, suspirou fundo, se espreguiçou, arrancou a roupa e entrou no banheiro. Ele encarou seu rosto marcado no espelho antes de entrar no chuveiro e deixar a água fria escorrer sobre seu corpo. Um arrepiou percorreu sua pele por causa do choque, isso foi o suficiente para acordá-lo completamente.

Logo que terminou seu banho, vestiu uma roupa casual e foi tomar café. Olhou para o horário no celular, faltavam apenas quarenta minutos para o ônibus sair. Assim que entrou na cozinha, viu sua tia e seu vô sentados à mesa. Ele pegou uma caneca, serviu café, pegou uma fatia de pão e se sentou para comer.

– Quem tanto vai nesse treinamento? – perguntou sua tia.

– Não sei também, mas provavelmente é bastante gente – respondeu Lucas.

– Assim que chegar no hotel veja se não tem mais ninguém hospedado lá que também vai no treinamento – Márcia falou e ele concordou com a cabeça – O hotel é muito longe da escola?

– Não, é a dois quarteirões da escola. É uma pousada, por isso saiu barato. Pelas fotos o quarto é minúsculo, cama de solteiro e quase não tem espaço – Lucas falou – Mas não importa, quase não vou ficar lá.

– Que horas é o treinamento? – perguntou o vô de Lucas.

– Temos que estar na frente da escola hoje de madrugada, os ônibus vão levar a gente até a mata, passamos o sábado todo fazendo o treinamento e voltamos apenas de noite e domingo eu já volto embora – Lucas respondeu.

– Então amanhã não vamos conseguir falar com você? – perguntou Márcia.

– Creio que não. Acho que nem pega sinal lá no mato – Lucas respondeu.

– Cuidado quando chegar em São Paulo. Lá você não pode andar com celular na mão, nem dar bobeira, ou eles vão te roubar. Está com o mapa do metrô? – perguntou ela e Lucas concordou com a cabeça – Assim que chegar na rodoviária, ali mesmo na Barra Funda já tem estação, é só se localizar pela placas.

– Eu sei tia – Lucas falou sentindo a ansiedade no peito crescer.

– Não dê atenção para qualquer pessoa lá, evite pedir informação a não ser que seja para alguma autoridade, cuidado, sempre fique observando para ver se não tem ninguém te seguindo e evite parecer suspeito – falou ela séria e Lucas concordou com a cabeça.

– Assim que chegar no hotel ligue para nos avisar – seu vô falou e ele concordou.

– Vamos vô ou vou perder o ônibus – Lucas falou terminando a caneca de café – Tchau tia.

– Vai com Deus e cuidado – falou ela dando um abraço em Lucas.

Lucas pegou a mochila, as passagens, checou se não estava esquecendo de nada, entrou no carro e seguiu em direção à rodoviária com seu vô. Logo que chegou viu o ônibus estacionado e sentiu o coração palpitar mais rápido.

– Que horas o ônibus vai chegar lá? – perguntou seu vô.

– Ele sai oito horas em ponto, lá no site diz que ele chega às duas da tarde – Lucas respondeu.

– Certo, cuidado lá.

– Tudo bem, vou indo – Lucas falou descendo do carro

– Vai com Deus – seu vô falou.

– Amém.

Assim que entrou no ônibus, observou as poltronas vazias e procurou a sua, não demorou para encontrar a número dezenove, se sentou e reclinou a cabeça sobre a janela esperando o ônibus deixar a rodoviária.

CAPÍTULO 1

SOCORRO! EU ME PERDI

O ônibus estava na estrada faziam três horas e ainda não havia passado da metade do caminho, isso tudo devido as várias paradas nas rodoviárias de diferentes cidades. No entanto, o que o estava irritando de verdade, eram as duas mulheres sentadas nas poltronas logo atrás, que continuavam falando gritado desde a hora que entraram no ônibus.

Normalmente Lucas ficaria curioso em saber da vida alheia, no entanto, estava estressado e ansioso, considerando esses fatores, a vida da cunhada daquela mulher não lhe parecia nem um pouco interessante, muito menos suas dificuldades financeiras e nem a vida do filho que tinha sido despedido. *"Para alguém que não quer saber da vida dela, até que escutei bastante coisa"* pensou.

Lucas olhou para o celular, trocou a música, aumentou o volume ao máximo e voltou a fechar os olhos na tentativa de dormir, porém a voz estridente daquelas duas mulheres ainda conseguiu superar o volume do fone, o que o fez praguejar mentalmente.

O ônibus parou em uma lanchonete na beira da estrada e ele deu graças de poder esticar as pernas, ir ao banheiro e se livrar das vozes irritantes. O restaurante era bastante famoso e ponto de referência, não faltava muito para chegar em Sorocaba e logo estaria em São Paulo. Após fazer suas necessidades, aproveitou para comprar um salgado e um refrigerante. Ele se sentou ao lado de fora do restaurante, pegou o celular, notou que tinha sinal e aproveitou para ligar para a melhor amiga.

— Nossa, você atendeu rápido – Falou Lucas assim que Larissa atendeu a chamada – Tudo bem?

— Sim, estava preocupada – falou ela – Já chegou?

— Ainda não. Estamos no restaurante, quase em Sorocaba – Lucas respondeu.

— Então falta pouco – comentou ela – E como está a viagem?

— Insuportável – Lucas resmungou – Pensei que ia conseguir dormir, mas duas velhas começaram a falar sem parar e alto. Tentei ler, mas não consegui. Agora eu só quero chegar logo.

— Que triste – Larissa comentou rindo – Já sabe como chegar no hotel certo?

— Sim, eu me lembro da sua aula – Lucas respondeu – Desço na Barra Funda, pego a linha vermelha em direção a Corinthians, mas quando chegar na República eu baldeio para a linha amarela em direção à Morumbi e desço na Oscar Freire. Viu? Fácil.

— Repetiu isso quantas vezes para decorar? – perguntou Larissa rindo.

— Perdi as contas – falou Lucas.

— E não esqueça, não saia da estação ou vai ter que comprar outro ticket – Larissa falou.

– Certo, talvez eu me perca dentro da rodoviária para sempre – Lucas disse rindo.

– Eu não duvido da sua capacidade de fazer isso – Falou ela.

– Aí vai acabar minha bateria, eu vou ter que viver de esmola e você vai perder seu amigo – Lucas disse de maneira dramática fazendo Larissa rir.

– O drama da criança do interior meu deus – Larissa disse – Animado para o treinamento?

– Estou e não estou – Lucas respondeu – O motivo maior de ir fazer é que já gastei uma fortuna com o curso de comissário, perder o treinamento é perder dinheiro.

– Que bom que sabe disso – Larissa disse – E também por que sua mãe ia te matar, já que foi ela quem pagou.

– Esse é uma motivação muito forte – Lucas disse rindo – O ônibus já vai sair, vou ter que desligar.

– Tudo bem meu amor, se cuida, boa viagem, cuidado, quando chegar lá me avisa praguinha.

– Ok, tchau praguinha – Lucas disse desligando a chamada e entrando novamente no ônibus.

As figuras proeminentes dos grandes prédios da capital paulista começaram a surgir e o fluxo de automóveis aumentou consideravelmente. Lucas sentiu um leve desconforto no estômago causado pela ansiedade, essa era sua primeira vez sozinho em uma cidade com mais de cem mil habitantes e estava por conta própria. Podia ser estupidamente exagerado sentir medo por isso, porém, crescer no interior sem nunca ter tido contado com a vida em uma metrópole, causava receios.

O ônibus seguiu lentamente até a rodoviária. O trânsito, apesar da enorme quantidade de carros, não estava tão caótico quanto Lucas imaginou. Na sua cabeça haveriam pessoas gritando pela demora, carros parados buzinando constantemente e talvez uns acidentes.

Assim que chegou no local, Lucas observou os metrôs passando pela Barra Funda. O ônibus estacionou e ele desembarcou já procurando alguma placa para tentar se localizar. No andar das plataformas não tinha tanto movimento, apenas algumas pessoas andando de um lado para o outro ou sentadas aguardando seus respectivos ônibus.

Ele praguejou por não ter pegado seu óculos da mochila assim que tentou ler uma das placas e não conseguiu, sentiu receio em abrir a mochila no meio da rodoviária para pegá-lo.

Lucas subiu as escadas rolantes até o andar de cima com um único pensamento: linha vermelha do metrô. Esse era o seu objetivo, logo observou o chão pintado com faixas de azul e pensou, que, talvez, as faixas o levassem até os metrôs, porém para sua própria decepção ele estava errado. *"Por que pintar de azul?"* questionou.

Ele notou as várias lojas de suvenir espalhadas pelo lugar, começou a se locomover sem uma direção específica, precisava localizar o guichê do metrô, o que lhe rendeu uma volta inteira pela rodoviária antes de finalmente conseguir encontrar o que procurava. *"Por que eles colocam esses guichês escondidos da visão?"* pensou irritado.

— Eu quero um ticket moça — Lucas pediu estendendo o cartão.

— Não aceitamos cartão, apenas dinheiro — respondeu ela ríspida.

"Que droga, uma cidade desse tamanho e não aceita cartão. Por que ninguém me avisou isso antes" pensou irritado.

— Certo, você sabe me dizer se tem algum caixa eletrônico por aqui? — perguntou ele para moça.

— Perto dos guichês de passagem rodoviária — respondeu.

Lucas voltou a procurar os caixas eletrônicos que ela havia lhe falado. Não queria pedir informações para as pessoas que estavam andando por ali, na verdade, estava com medo de fazer isso, principalmente se tratando de dinheiro. Ele passou a vida escutando sobre os furtos de São Paulo e não queria experimentar entrar na história daqueles que foram furtados.

"Eu fui roubado em São Paulo".

"Jura? Eu também, fiquei só com as cuecas".

"Caramba. Toma aqui sua medalha de trouxa".

Não, Lucas realmente não queria fazer parte desse seleto grupo! Não demorou para localizar os caixas eletrônicos e conseguir o dinheiro, ele voltou até o guichê do metrô, comprou o ticket, olhou para as inúmeras roletas e pensou *"E agora? Qual é a da linha vermelha?"*

Seguir o fluxo não parecia ser a melhor ideia nesse momento, porém foi a única que passou pela cabeça de Lucas. Tentou localizar a linha do metrô lendo as placas com letras embaçadas, mas fracassou miseravelmente. *"Por que as placas são todas azuis? Qual a dificuldade de pintar com a cor do metrô?"*

– Oi, com licença, você sabe onde é a linha vermelha? – perguntou uma voz ao lado Lucas chamando sua atenção.

– Não, também estou procurando – Lucas respondeu analisando o menino ao seu lado.

– É minha primeira vez andando sozinho aqui em São Paulo – comentou o menino – Sou de Sorocaba.

– É minha primeira vez também – respondeu Lucas com receio.

– O senhor sabe me dizer onde fica a linha vermelha? – perguntou o garoto para um dos guardas.

– É só descer aquela escada – o guarda respondeu apontando na direção da escada.

– Obrigado – falou o menino para o guarda – Eu vim para uma festa de aniversário.

– Legal – Lucas disse seguindo em direção ao metrô – Eu vim para um treinamento de sobrevivência na selva.

– Que irado, você é do exército? – perguntou o rapaz com um sorriso.

– Não, na verdade estou estudando para ser comissário de voo – respondeu Lucas.

– Comissário? – questionou o rapaz.

– É tipo aeromoça – Lucas respondeu.

– Ah entendi. Vocês que fazem aquelas mimicas no avião para as pessoas né – perguntou ele arrancando uma careta de Lucas.

– Não exatamente, mas sim – Lucas respondeu rindo.

O metrô não demorou dois minutos para chegar, o rapaz entrou seguido por Lucas que ficou em pé segurando nos apoios. Ele observou os bancos pequenos cheios de pessoas dos mais variados estilos. Era interessante observar a rotina dessas pessoas, todas caladas, cada uma focada em seu mundinho particular.

– Eu tenho que baldear na República – falou o garoto.

– Eu também, tenho que pegar a linha amarela – respondeu Lucas.

– Vai em direção ao Morumbi? – perguntou ele.

– Oscar Freire – Lucas respondeu incomodado com as perguntas.

– Eu desço um pouco depois, na Pinheiros – comentou o garoto dando em um Lucas um certo alívio.

Lucas se surpreendeu com a velocidade do metrô que em menos de 5 minutos já tinha chagado na República. Ele desceu acompanhado do rapaz e procurou a linha amarela. *"Não saia da estação, ou você vai ter que comprar um ticket novo"* a voz da amiga ressonou em sua cabeça. Porém, a nova estação era muito mais organizada que a Barra Funda e não foi difícil encontrar a linha amarela.

O metrô chegou rápido, o rapaz que até poucos minutos atrás estava falando sem parar, por algum motivo se aquietou e não fez mais perguntas. Lucas não queria desconfiar das boas intenções de todos, porém preferia evitar conversar com estranho, aliás nunca havia levado tão a sério o conselho de mãe de não conversar com estranhos.

Assim que chegou na Oscar Freire, Lucas deu um leve aceno ao rapaz se despedindo e desceu do metrô. Ele olhou a sua volta e notou que a estação estava surpreendentemente vazia. Ele caminhou em direção a escada rolante e logo viu as placas indicando a saída. Aproveitou que estava praticamente sozinho para pegar o celular e abrir a localização da pousada no GPS.

O local não era distante da estação, para sua sorte levariam apenas dez minutos a pé. Ele olhou bem qual direção tomar e começou a caminhar. Notou os edifícios estonteantes o cercando de todos os lados, o fluxo de veículos estava intenso, o que o fez redobrar o cuidado.

Lucas se surpreendeu com a quantidade de árvores espalhadas pelas ruas, na sua cabeça, tudo o que haveria seria carros, concretos e fumaça. Em pouco tempo avistou a pousada onde tinha feito reserva, era pequena e à primeira impressão, parecia uma casa comum. Ele tocou a campainha e na segunda vez uma menina surgiu no terraço.

– Posso ajudar? – perguntou ela.

– Meu nome é Lucas, eu tenho reserva aqui – Lucas falou para a menina que aparentava não ter mais que quinze anos.

– Certo, só um momento – ela falou.

Logo o portão destravou e Lucas entrou. Assim que atravessou a porta sentiu o cheiro forte de cigarro invadir suas narinas. *"Parece que os comentários nas recomendações da internet estavam certos sobre o cheiro de cigarro"* pensou. A moça lhe entregou uma chave e um cartão.

– Essa é a chave do portão e esse é o cartão que abre a porta da casa e a porta do seu quarto – a menina falou levando Lucas pelo corredor estreito em direção do quarto número cinco.

– Obrigado. Vou fazer check-out domingo antes do meio dia – Lucas falou e ela concordou com a cabeça – Eu quero deixar pago já, são duas diárias?

– Isso.

– Diz que aceita cartão aqui – Lucas perguntou entregando o cartão a ela.

– Sim – ela respondeu rindo.

– Oh céus, que ótimo – Lucas comentou sorrindo.

O quarto, apesar do tamanho limitado, era bastante aconchegante. Tinha um pequeno frigobar no canto da porta, o guarda roupa era de duas portas e assim que abriu, Lucas achou uma toalha perfeitamente dobrada e guardada em um saco e um edredom. Ao lado guarda roupa tinha uma pequena mesa e o ar condicionado acima da mesa.

Lucas tirou a mochila pesada das costas, largou sobre a mesa, se jogou sobre a cama de solteiro e fechou os olhos finalmente sentindo os músculos de seu corpo relaxarem. Ele sentiu suas costas molhadas por causa do suor, retirou a blusa e o sapato deixando o cansaço sumir aos poucos.

Ele procurou uma tomada e a encontrou ao lado do criado mudo, colocou o celular para carregar enquanto tirava a roupa para tomar um banho, queria dormir um pouco para estar disposto quando acordasse de madrugada para ir ao treinamento.

O cheiro forte de lavanda invadiu suas narinas assim que entrou no banheiro minúsculo. *"Se eu me virar muito rápido é perigoso eu bater na parede"* pensou. Lucas entrou no box e deixou a água escorrer sobre seu corpo. Ele estava cansado e poderia facilmente dormir ali mesmo.

Entretanto, um pensamento invadiu sua cabeça. Ele ainda não sabia onde era a escola de aviação, apenas tinha o conhecimento de que era próxima da pousada. Lucas tinha que estar em frente da escola às duas horas da madrugada, precisava saber exatamente como chegar lá para não ficar andando a esmo pela região em plena madrugada, afinal, se de dia já era perigoso, nesse horário deveria ser um risco à própria vida.

Seus planos eram de dormir até dar o horário, porém não conseguiria pregar os olhos, por isso decidiu sair procurar pela escola e decorar o caminho. Assim que saiu do banho e terminou de se enxugar, ele pegou o celular mandou uma mensagem para sua tia avisando que já estava na pousada e discou o número da sua mãe.

– Oi mãe – falou ele – já estou na pousada.

– Chegou agora? – perguntou ela surpresa.

– Sim. O ônibus para bastante nas cidades pelo caminho – comentou Lucas.

– Pegou carro pelo aplicativo? – perguntou ela.

– Não, ia sair muito caro, peguei metrô mesmo – Lucas respondeu.

– E não foi difícil? – sua mãe questionou.

– No começo foi difícil se localizar lá, isso sem falar que eles não aceitam cartão, apenas dinheiro. Então eu tive que sacar dinheiro para poder comprar o ticket – Lucas comentou – Mas é mais fácil do que eu pensava.

– E o hotel é bom? – perguntou ela.

– A pousada é bastante pequena, mas é aconchegante – Lucas comentou.

– Que horas vai ser lá?

– Eu tenho que estar na frente da escola às duas da manhã – Lucas respondeu.

– Nossa que tarde! – exclamou sua mãe – Veja se tem mais alguém hospedado aí que também vai fazer, aí vocês vão juntos.

– Vou perguntar para a moça da recepção – Lucas disse.

– Então tudo bem, vou desligar. Fica com Deus, se cuida e cuidado aí – Sua mãe falou.

– Amém – ele disse desligando.

Lucas vestiu uma roupa limpa, ajeitou o cabelo, escovou os dentes e colocou a localização da escola no GPS. *"Dois quarteirões daqui, não é tão longe"* pensou. Assim que saiu do quarto observou quatro meninas no corredor conversando e aproveitou a oportunidade.

– Oi, desculpa chegar assim, mas vocês vão fazer o treinamento prático do curso de comissários? – Perguntou Lucas.

– Sim, todas vamos – respondeu uma delas – Você também vai?

– Sim. Fico mais aliviado que tem mais pessoas que vão. Podemos ir juntos para a escola de madrugada – Lucas propôs.

– Claro, a gente estava com medo também, mas tendo um homem junto já dá para acalmar – Comentou uma das moças rindo.

"Eu não sei se seria de grande ajuda não, moça. Eu provavelmente seria o primeiro a correr" pensou ele.

– Certo, meu nome é Lucas – ele disse estendendo a mão para cumprimenta-las.

– Letícia.

– Josiane.

– Rafaela.

– Joelma.

Assim que Lucas as cumprimentou, ele deixou a pousada e foi em direção a escola. A rua estava relativamente calma e apesar do sol intenso, a brisa das árvores proporcionavam uma sensação gostosa. Quando chegou em frente da escola o GPS apitou dizendo *"você chegou ao seu destino"* e Lucas parou observando o prédio pintado nas cores verde e vermelha.

"Só espero que não seja o destino final da minha vida" pensou.

CAPÍTULO 2

ACHO QUE ME FERREI

Lucas olhou para o teto do quarto pensativo e esperando o sono chegar. Sua mente não conseguia deixar de imaginar como seriam as próximas horas. Parecia realmente interessante aprender truques para sobreviver em casos extremos, aprender as diferentes técnicas de combate ao fogo, no entanto, a parte que realmente lhe preocupava era a sobrevivência no mar.

Ele nunca conseguiu aprender a nadar, na verdade, tinha até mesmo trauma de entrar em piscinas ou lagos. Durante o treinamento ele não queria demonstrar medo, não podia fazer isso, precisava enfrentar o próprio nervosismo, ignorar as pessoas que provavelmente estarão o observando e entrar na água.

Entretanto, este não era o único motivo pelo qual Lucas devia completar todas as etapas do treinamento, os instrutores da escola já haviam deixado muito claro nas aulas teóricas que, em caso de não cumprimento de qualquer exercício exigido, o aluno seria reprovado. Lucas não podia reprovar, não depois de todo o dinheiro que sua mãe investiu nesse curso.

Pensar nisso tirou o sono de Lucas completamente, o que o deixou irritado. Ele precisava dormir por motivos óbvios de que não podia sentir sono durante o treinamento. Ele olhou para o visor do celular marcando 16h33min, resmungou e começou a mexer nas suas redes sociais. Olhou as fotos, os comentários, as críticas "positivas" das pessoas e revirou os olhos em desprezo. Irritado, entrou no aplicativo de relacionamentos.

Lucas normalmente quase não usava esses aplicativos, simplesmente não sentia vontade de sair beijar ou transar com outras pessoas e na sua cidade natal não tinha muitas opções, porém estar na capital tinha seus benefícios, e isto significava uma variedade muito grande de possibilidades. Ele duvidava que fosse fazer algo no curto período de tempo que permaneceria na capital, no entanto, a curiosidade para saber as pessoas disponíveis ao seu redor foi grande e ele não pode resistir deslizar o dedo pelas diversas fotos que apareciam na tela.

"Estranho... feio... credo, o que é isso?... Meu deus, olha a coragem... esse até que é bonitinho..." pensava ele enquanto analisava os perfis.

Mensagem:

"Você é passivo ou ativo?"

– Eu sou indisposto – comentou Lucas para si mesmo assim que leu a mensagem.

Apesar dos rostos diferentes, a toxidade dentro do aplicativo continuava a mesma, por isso ele evitava entrar, pois sempre recebia as mesmas perguntas. *"Ativo ou passivo?"*, *"Quer transar?"*, *"Na minha casa, topa?"*.

Mensagem:

"Quer fazer golden shower?"

– Meu Deus... Chega de celular por hoje – comentou bloqueando o visor.

Lucas permaneceu calado por um tempo observando o céu anoitecer até todo o quarto estar coberto com escuridão. Ele se levantou e aproveitou que estava sem sono para procurar um restaurante. Não havia se alimentado direito o dia todo e durante o treinamento não era permitido comer absolutamente nada além de sal e açúcar.

Ele ajeitou o cabelo, vestiu uma blusa preta, pegou o celular e saiu da pousada. Não deveria ser tão difícil encontrar um restaurante em uma cidade daquele tamanho, e assim como pensou logo vislumbrou a fachada de um. Lucas entrou no recinto todo organizado e vazio, observou o garçom se aproximar e lhe oferecer o cardápio.

Bastou apenas uma olhada para ele se arrepender amargamente de ter pisado no local, pois o prato mais barato iria lhe custar os dois rins. Lucas olhou para o garçom, depois para o cardápio, leu todas as opções, viu que não poderia se desfazer de nenhum órgão naquele momento, então gentilmente devolveu o cardápio ao garçom e saiu do recinto.

Ele continuou andando procurando restaurantes condizentes com duzentos reais em seu bolso que tinham que durar dois dias, porém todos em que ele entrou só serviam opções extremamente caras. Foi por isso que entrou na primeira padaria que encontrou e pediu um empadão.

Quando terminou de comer, Lucas voltou à pousada e ao tentar entrar não conseguiu, pois o cartão não abria a porta. *"Que merda, era só o que me faltava"* praguejou mentalmente. Apertou a campainha, porém ninguém atendeu, tentou ligar nos dois números da pousada e só dava caixa postal.

– Que ótimo, vou dormir aqui fora – Lucas disse irritado.

Ele continuou apertando a campainha por mais alguns minutos até alguém finalmente abrir a porta. Um homem grisalho o olhou dos pés à cabeça. Ele mantinha um cigarro aceso na boca e logo Lucas soube de onde vinha o cheiro forte de nicotina.

– O cartão não estava abrindo a porta – Lucas disse mostrando o cartão ao homem.

– Que estranho – o homem comentou dando passagem à Lucas.

Assim que tentou entrar no quarto o cartão novamente falhou o que fez Lucas xingar mentalmente o lugar. O homem ficou o olhando de canto, enquanto ele colocava e tirava o cartão da porta.

– Vou ver com a moça que mora aqui para trocar o seu cartão – falou o homem assim que terminou o cigarro.

"Eu agradeceria" pensou Lucas.

Logo a moça desceu a escada ainda limpando os olhos, por um leve momento Lucas se sentiu com pena por tê-la acordado. Ela o olhou e então sorriu lhe entregando um novo cartão.

– Você colocou o cartão junto do celular? – perguntou ela.

– Sim, guardei na capinha – Lucas respondeu.

– Ele desmagnetizou, por isso não funcionou – Ela disse o fazendo se sentir um idiota.

– Ah entendi, bom... Obrigado e desculpa ter te acordado – Lucas falou sem graça.

– Tudo bem – Ela respondeu voltando a subir as escadas.

Lucas entrou no quarto e mal se importou em tirar as roupas que estava no corpo. Ele simplesmente se jogou sobre a cama, programou o despertador para uma hora da manhã e fechou os olhos tentando forçar o sono a chegar.

O celular despertou, Lucas abriu os olhos incomodado, desligou o barulho do alarme, se levantou e foi tomar um banho para acordar. Assim que saiu do chuveiro, se secou, separou as roupas e vestiu um shorts de malha por baixo da calça jeans.

Escutou o barulho das meninas no corredor, escovou os dentes apressadamente, checou a mochila mais uma vez, colocou-a nas costas e saiu do quarto. Uma das garotas o encarou com os olhos inchados, enquanto as outras três desciam a escada com um ânimo que ele desejou ter naquele momento.

– Vocês conseguiram dormir? – perguntou Joelma.

– Um pouco, quando dormi pesado o despertador tocou – falou Lucas.

– Eu e a Rafaela não conseguimos dormir, muita ansiedade – falou Josiane.

– Eu só consegui dormir um pouco também – falou Letícia.

– É eu estava quase dormindo e deu a hora – comentou Joelma.

– Vamos? – perguntou Lucas e elas concordaram com a cabeça.

A rua estava bastante iluminada e praticamente vazia, não haviam carros ou pessoas, o que surpreendeu Lucas. O vento gelado o fez se encolher por um momento, ele não queria levar muita roupa, pois provavelmente passaria calor durante o dia e não teria onde guardar a blusa.

– Como vocês acham que vai ser? – perguntou Letícia.

– Uma experiência única – respondeu Joelma.

– Também acho, mas estou com medo de passar fome – falou Rafaela.

– Com certeza vamos passar fome, não temos autorização para comer lá, eles deixaram isso bem claro nas aulas teóricas – comentou Lucas.

– Será que eles não vão dar algo para comermos? – questionou Josiane.

– Talvez, porém acho que o mais provável é que não – falou Lucas.

– Vocês são de onde? – perguntou Joelma – Eu sou de Rondônia.

– Nossa, que longe – comentou Rafaela – Eu sou de Porto Seguro.

– Você também? – exclamou Josiane – Eu sou de lá.

– Meu Deus, que legal – replicou Rafaela.

– Eu sou de Foz do Iguaçu – falou Letícia.

– Eu sou de São Paulo mesmo, de uma cidade pequena do interior – falou Lucas.

– Ah então você está acostumado a vir aqui – Letícia falou.

– Na verdade, é a primeira vez que venho sozinho – Lucas disse constrangido – Já vim em excursões escolares, mas sempre acompanhado.

– Olha, já tem bastante gente esperando – Joelma disse apontando em direção das várias pessoas reunidas em frente da escola.

Lucas encarou todos ali, era difícil identificar as pessoas no escuro e principalmente porque a maioria estava com toucas ou capuz. Muitos usavam jaquetas e carregavam bolsas extremamente pesadas. *"Vamos ficar um mês no mato e ninguém me avisou?"* pensou ele.

– Atenção todos vocês – gritou um rapaz com a voz grossa chamando atenção. Ele vestia um uniforme militar e Lucas não pode deixar de reparar no quanto ele era bonito – Façam fila indiana nesse canto. Vai entrar um de cada vez no ônibus. Algumas regras devem ser seguidas à risca e qualquer desobediência significa reprova. Entendido?

– Sim – Falaram todos enquanto se organizavam na fila.

– Vocês não irão sentar juntos, é um em cada poltrona. Antes de entrar no ônibus vocês devem entregar a ficha médica assinada e depois vão passar pelo leitor de temperatura, se estiver com febre é tchau também – Lucas sentiu a tensão das pessoas ali ao seu redor – O trajeto para ir até a selva é de três horas, nesse meio tempo vocês irão fazer uma prova, aproveitem para dormir, comer ou beber enquanto estão no ônibus, porquê assim que descerem é proibido se alimentar lá. Fui claro?

– Sim – responderam todos.

– Quando chegarem lá vocês vão entregar a prova no setor de descontaminação. Alguma dúvida? – perguntou o instrutor.

– Que horas voltamos? – perguntou um dos rapazes na fila.

– Isso vai depender de vocês, se todos cooperarem podemos sair de lá às dezoito horas, porém nada nos impede de ficar até as vinte e duas – o instrutor respondeu sério. Lucas sentiu o desânimo só de imaginar isso acontecendo de fato – Alguma outra dúvida?

– Não pode comer absolutamente nada lá? – questionou uma menina.

– O treinamento é feito para se assemelhar ao máximo à uma real sobrevivência. Se o avião cair você não vai ter barrinhas de cereal para passar a semana – respondeu ele fazendo a moça se encolher, Lucas sentiu na pele o arrependimento dela por ter perguntado – Mais alguma outra pergunta?

Todos permaneceram calados. Os vários ônibus começaram a estacionar em frente da escola e lentamente as pessoas começaram a ser selecionadas para entrar. Lucas pegou a ficha médica na bolsa e se preparou. Ele olhou a sua volta e notou o nervosismo de todos ali. O rapaz na sua frente se virou, o encarou por um tempo, sorriu e Lucas retribuiu.

– Ficha médica – pediu o instrutor e o rapaz entregou apressadamente – Estenda seu braço – o instrutor levantou uma sobrancelha e Lucas notou o nervosismo do rapaz – Deu trinta e nove graus. Sua temperatura está muito alta, não vai poder participar.

– Mas, eu não posso... Eu tenho que participar ou vou ser reprovado – Lucas sentiu dor quando ouviu o desespero do rapaz na sua frente.

– Sinto muito, são as regras – o instrutor retrucou sério.

– Mas eu vim de longe só pra isso – o rapaz falou com voz de choro.

– Não posso fazer nada – o instrutor disse com indiferença, o que fez o sangue de Lucas ferver.

– Você leu a temperatura dele de forma errada – Lucas disse atraindo atenção de todos na fila e o olhar fulminante do instrutor.

– O que? – o instrutor falou sério.

– Ele estava esfregando as mãos na calça e está usando luvas, o que significa que, mesmo com a mão coberta, ele ainda estava sentindo frio – Lucas falou sério – O sangue na mão dele está circulando mais rápido por causa da fricção e para tentar aquecer essa parte do corpo dele.

– Eu sei o que eu estou fazendo e isso não faz sentido – o instrutor falou sério.

– Então você sabe que não se pode medir a temperatura de alguém pelo pulso, certo? – Lucas falou ríspido – A maneira correta é a testa. Tenho certeza que foi apenas um descuido, não é? – Lucas disse provocando e observou o instrutor o olhar com raiva, porém pensativo.

– Claro. Vou medir a temperatura dele de novo – falou o instrutor quando viu que era alvo da atenção de todos. Ele aproximou o leitor na testa do rapaz e fez uma careta – trinta e quatro graus, pode entrar.

Lucas notou um sorriso surgir no rosto do rapaz que o olhou de maneira agradecida, no entanto o olhar do instrutor para si era extremamente mortal. *"Eu estou ferrado"* pensou Lucas. Ele entregou a ficha médica e se aproximou do leitor de temperatura.

– Pode subir – disse o instrutor rangendo os dentes e lhe entregando a pasta com a prova.

Lucas respirou aliviado enquanto subia no ônibus, pegou o primeiro assento que encontrou, notou o olhar do rapaz que havia defendido há pouco sobre si e então balançou a cabeça o cumprimentando.

Assim que se aconchegou, Lucas repousou o rosto na janela e começou a folhar a prova. Eram um total de vinte perguntas sobre sobrevivência na selva, combate ao fogo e sobrevivência no mar. Tudo o que eles já haviam estudo nas aulas teóricas. Não demorou para responder o questionário, quando terminou fechou a pasta deixando-a sobre o assento vazio ao seu lado, inclinou a poltrona e fechou os olhos tentando dormir mais um pouco.

CAPÍTULO 3
UM LEVE ARREPENDIMENTO

O ônibus chegou no local por volta das seis da manhã, isso porquê mesmo após o embarque ele foi sair de frente da escola apenas às três horas. Lucas aproveitou o silêncio para dormir mais um pouco e descansar melhor, sabia que o que lhe esperava era um teste de resistência. Pouco antes deles chegarem e desembarcarem, ele aproveitou para comer duas barras de cereais e beber um energético.

Logo que pisou fora do ônibus um vento gelado atingiu seu rosto o fazendo sentir arrepios, tentou se encolher para manter-se aquecido, porém não adiantou muito, o vento ainda estava atravessando sua camisa de lã. Os vários ônibus começaram a estacionar um atrás do outro, ele observou as luzes ofuscadas pela neblina densa e logo ele percebeu ser um posto de gasolina.

As inúmeras pessoas começaram a se organizar em uma única fila indiana até receberem ordens para caminhar na direção de uma estrada de terra. As luzes do posto ficaram para trás e a visão de Lucas escureceu. Ele olhou a sua volta tentando distinguir algo em meio a escuridão, porém a neblina estava densa e provavelmente o Sol ainda iria demorar um pouco para surgir. Ele pegou a lanterna na mochila e começou a iluminar o caminho.

A estrada estava com o barro mole, o que fez Lucas lamentar pelo seu tênis. Ele observou os barrancos que se estendiam à sua direta cobertos por matos, arbustos e no topo, diferentes árvores das quais ele só conseguia distinguir os pinheiros e eucaliptos. Do lado esquerdo apenas uma grande extensão de mais mata.

As pessoas começaram a murmurar ansiosas enquanto caminhavam em linha reta sem saber exatamente qual o seu destino. A caminhada continuou por mais dez minutos até finalmente eles escutarem a voz dos instrutores gritando ordens.

– Tripulantes do ônibus dois façam uma fila aqui – Gritou um instrutor.

– Qual é mesmo o nosso ônibus? – perguntou Lucas para a pessoa atrás de si.

– Quatro – respondeu a moça.

– Ônibus três aqui.

– Quatro, façam fila aqui – gritou um instrutor e Lucas seguiu naquela direção.

Os instrutores continuaram chamando e organizando-os até completar sete filas, uma de cada ônibus. Lucas começou a analisar as mais diferentes pessoas reunidas ali, a maioria se encolhendo por causa do vento gelado e cobrindo as bocas com as mãos para tentar esquentá-las.

Muitos vieram de diferentes partes do Brasil para concluir o curso e finalmente alcançar o tão almejado sonho de trabalhar nos céus, porém, Lucas não pode deixar de pensar que mais da metade dessas pessoas talvez nunca conseguissem o emprego de comissário de voo.

– Prestem atenção em mim – falou um dos instrutor com a voz exaltada. O homem também usava um uniforme militar como todos os outros instrutores e tinha uma pose bastante autoritária – Eu vou chamar nome por nome e vocês irão ser direcionados para um novo grupo, entendido?

– Sim – responderam todos.

– Quando eu chamar vocês, levantem o braço e caminhem em direção ao novo grupo. Não quero conversinha, tem cento e quarenta pessoas aqui hoje, então a organização é essencial – Lucas ficou surpreso quando soube quantas pessoas tinham no lugar.

O instrutor começou a chamar nome por nome e não demorou para Lucas ficar entediado. O dia começou a clarear e a neblina a se dissipar, o que permitiu que ele pudesse enxergar melhor todo o local. Ele notou que no canto direito havia uma casa que devia pertencer à algum fazendeiro. Todos estavam parados em uma encruzilhada e os grupos sendo organizados em estradas diferentes.

O cheiro forte de orvalho preencheu sua narina e começou a lhe dar sono, seus pés começaram a doer por ficar tanto tempo em pé sem poder se movimentar e não demorou para o arrependimento começar a surgir. Se já estava cansado no começo, que jeito estaria até o final do treinamento?

Entretanto, desistir nem sequer era uma opção, pois mesmo que o fizesse, teria que esperar o treinamento terminar para poder voltar embora. Foi pensando em como seu dia decorreria que Lucas perdeu a noção do tempo e não escutou chamarem seu nome.

– Lucas Aguillar – repetiu o instrutor e Lucas tomou um choque voltando a realidade – Ele faltou?

– Não, estou aqui – falou Lucas levando o braço e indo na direção indicada.

– Então ande logo – esbravejou o instrutor.

Lucas abaixou a cabeça constrangido e se dirigiu até a fila do seu grupo. Ele olhou para os outros grupos formados e notou que todos tinham no máximo dez pessoas e não pode deixar de observar a expressão de exaustão no olhar das pessoas ao seu redor.

– Faz quanto tempo que estamos em pé? – perguntou uma das moças que estava na sua frente.

– Mais de uma hora, o Sol já nasceu – respondeu um rapaz.

– Eu não aguento mais ficar em pé – sussurrou ela e Lucas concordou.

– Oi – falou uma voz atrás de Lucas chamando sua atenção.

– Ah, oi – respondeu Lucas surpreso.

– Queria te agradecer – falou o rapaz.

– Pelo que? – perguntou Lucas.

– Por ter me defendido lá na frente da escola – o rapaz falou e Lucas se lembrou fazendo uma expressão de surpresa.

– Ah era você. Imagina, não foi nada – Lucas disse sorrindo.

– Significou tudo para mim – O rapaz disse retribuindo o sorriso – Meu nome é Hélio e o seu?

– Sou Lucas, prazer – Lucas disse dando a mão para Hélio – Desculpa, eu não te reconheci.

– Tudo bem, estava de noite – Hélio disse – É difícil de ver o rosto.

– Sim – Lucas falou rindo – Que sorte a gente cair no mesmo grupo.

– Nossa, sim! – Hélio exclamou – Parece o destino.

Lucas estranhou o comentário, porém não disse nada. Ele aproveitou que estava de dia e observou melhor o rosto de Hélio. O garoto era alguns centímetros mais baixo que ele, o corpo era magro, ele tinha um rosto fino e bastante desenhado, a pele morena dava um contraste perfeito com os olhos caramelo. Seu cabelo era curto e com um corte no estilo militar. Lucas não pode deixar de pensar no quanto Hélio era bonito.

– Aconteceu algo? – perguntou Hélio chamando a atenção de Lucas – Tem algo no meu rosto?

– Oi? Ah, não. Desculpa eu só... esquece – Lucas falou constrangido.

– Atenção todos vocês – chamou o instrutor assim que terminou de montar os grupos – Existem regras que devem ser seguidas. Todos os grupos começam com dez pontos e vocês precisam de no mínimo sete para serem aprovados no treinamento, então é melhor ficarem atentos. A regra é que é estritamente proibido se alimentar durante o treinamento, se algum de vocês for pego fazendo isso, toda a equipe perderá um ponto e o aluno pego será reprovado.

– Para que serve o sal e o açúcar que pediram para trazermos? – perguntou um dos alunos.

– Segunda regra, me interrompeu ou interrompeu qualquer um dos instrutores perde um ponto – o instrutor falou fazendo o garoto se encolher – Mas respondendo sua pergunta. Para que serve mesmo o sal e o açúcar? – perguntou ele para as pessoas.

– Para usar caso a pressão aumente muito ou caia demais – respondeu uma moça.

– Correto. Pergunta respondida? – o garoto balançou a cabeça concordando – Terceira regra, não pode usar telefone aqui, por isso quando vocês forem para o centro de desinfecção, vocês irão receber um envelope, onde irão lacrar seu telefone e deixar guardado nos armários.

– Mas e se precisarmos fazer uma ligação importante? – perguntou um outro rapaz e Lucas sentiu pena do coitado.

– Qual é mesmo a segunda regra? – perguntou o instrutor.

– Não interromper os instrutores – responderam as pessoas.

– Menos um ponto para a equipe oito – falou o instrutor e a equipe resmungou – Em caso de necessidade, vocês devem comunicar o instrutor e ele irá leva-los até o quartel para fazer a ligação. Se alguns de vocês necessitam tomar remédio precisam avisar ao quartel e ao instrutor antecipadamente. Todos entenderam?

– Sim – todos responderam em uníssono.

– Agora sim, se alguém tem alguma pergunta pode fazer – o instrutor falou.

– E ir no banheiro? – perguntou um rapaz.

– Olha ao seu redor – falou o instrutor – O mato é seu banheiro hoje. Vocês devem aguardar a autorização do instrutor para ir ao banheiro, não pode ir em qualquer momento.

– Podemos ir agora? – perguntou uma moça.

– Não, primeiro vocês irão caminhar até o quartel, passar pela câmera de desinfecção, entregar a prova que fizeram no ônibus, o celular e depois irão entrar no mato – o instrutor falou sério – Só então o instrutor vai decidir se vocês podem ou não ir ao banheiro.

– E vamos demorar voltar embora? – perguntou outro rapaz.

– Depende de vocês, se todos terminarem antes das dezoito horas todas as simulações, nós voltamos antes das dezoito horas, porém não é problema nenhum ficarmos até às vinte e duas horas da noite aqui – respondeu o instrutor sério.

– Por que tem os grupos? – perguntou uma das moças na frente da fileira.

– O seu grupo é a sua equipe de bordo, é a tripulação com que vocês irão trabalhar em uma sobrevivência, é a sua família hoje – o instrutor disse sério – vão ter que se conhecer, criar instinto de sobrevivência e aprender a respeitar, dialogar e acima de tudo obedecer. Uma equipe desunida está fadada ao fracasso, é aquela que em um acidente real vai ser a primeira a morrer. Olhem para a primeira pessoa de cada fileira. Estão vendo?

– Sim – responderam todos.

– Essa pessoa é a líder da equipe, vocês devem obedecê-la e respeitá-la, já o líder tem um dever de manter a união, de tomar decisões sensatas e acima de tudo oferecer igualmente respeito –

falou o instrutor – A equipe que se amotinar deve apresentar um bom argumento e ter uma base na sua decisão, do contrário todos os membros serão responsabilizados e reprovados.

– Já houve casos de motim? – perguntou Hélio surpreendendo Lucas.

– Sim. Porém é muito raro isso chegar a acontecer – respondeu o instrutor – Alguém tem mais alguma pergunta? – todos ficaram em silêncio – Ótimo. Após serem desinfectados vocês serão divididos em dois grupos. Equipe um, dois, três, quatro, cinco, seis e sete vão subir para fazer o treinamento na selva. As equipes restantes permaneceram no quartel para fazer o treinamento de combate ao fogo e sobrevivência naval. Entendido?

– Sim – responderam todos em uníssono.

– Ótimo, agora andando em fila reta. São dois quilômetros daqui até o quartel – o instrutor ordenou e os murmúrios de desânimo começaram.

CAPÍTULO 4
UM BANHEIRO NATURAL

Lucas ficou surpreso quando viu a estrutura começar a surgir em meio as árvores, sua coloração cinza escuro permitia que o quartel se camuflasse melhor no meio da mata. Não era uma construção gigantescas como normalmente se imagina uma instalação militar, era apenas uma estrutura mediana com um formato retangular.

Conforme se aproximava da instalação, Lucas notou que mais adentro da mata tinham outras casas do mesmo formato, no centro delas estava um pátio com um grande fosso, mais ao fundo, alguma coisa estava coberta com várias lonas o que o deixou curioso para saber o que seria aquilo.

As pessoas dos grupos começaram a ser direcionadas para uma das instalações, a fila começou a andar lentamente enquanto uma pessoa por vez entrava na pequena estrutura para desinfecção. Lucas olhou para os lados tentando identificar mais alguma coisa e encontrou os olhos de Hélio o analisando. Lucas sorriu levemente constrangido e Hélio desviou o olhar mantendo um sorriso tímido em seu rosto. Por alguma razão desconhecida Lucas se sentia nervoso nessa situação, haviam cento e quarenta pessoas no local, no entanto, apenas Hélio o fez se sentir dessa maneira mais de uma vez.

– Para o que você acha que é aquela estrutura ali no centro? – perguntou Hélio.

– Também quero muito saber, acho que tem a ver com o combate ao fogo – respondeu Lucas.

– Realmente. Eu estou ansioso para essa parte – Hélio comentou.

– Eu também – disse Lucas.

– Aprender a apagar o fogo é importante, não acha? – perguntou Hélio e Lucas não conseguiu esconder o sorriso com o pensamento malicioso que passou em sua cabeça.

– Claro, muito importante aprender isso. Tem várias formas de apagar o fogo – Lucas disse tentando se controlar para não rir.

– Sim, tem os tipos A, B, C e D – Hélio disse e Lucas pensou *"Tem os tipos que apagam o fogo da minha amiga que não é nenhum desses"* – Se a gente não aprender qual extintor é o correto para cada caso a situação pode piorar.

– Concordo – Lucas falou forçando para não rir.

– Você está bem? Está com o rosto vermelho – Hélio perguntou se aproximando e tocando o canto do rosto de Lucas.

Por uma leve fração de segundos Lucas sentiu uma corrente elétrica percorrer todo o seu corpo, o que o fez perder a vontade de rir. Ele olhou para a mão de Hélio tocando sua face e depois fitou aqueles olhos caramelos lhe analisando. O rosto de Hélio estava muito próximo e Lucas se sentiu nervoso com a invasão de privacidade.

– Ah, eu estou bem – Lucas falou afastando o rosto da mão de Hélio.

– Me desculpe – Hélio falou assim que percebeu que estava muito próximo – Você ficou muito vermelho, achei que estava passando mal.

– Tudo bem, acho que é o frio – Lucas disse desconfortável.

– Seu celular – falou uma instrutora chamando a atenção de Lucas.

A mulher estendeu um saco de lacrar para Lucas, ele guardou o celular, anotou seus dados pessoais do lado de fora do saco e levou em direção aos armários. Assim que se aproximou da instalação de desinfecção, um instrutor se aproximou, pegou a prova que ele fez no ônibus e o guiou para dentro do pequeno espaço.

Lucas notou que várias mangueiras estavam presas nas paredes borrifando um líquido, ele entrou na cabine, deu uma volta de completa e então saiu incomodado com o cheiro do produto. Hélio saiu logo depois e Lucas não pode deixar de rir da careta que ele fez.

– Isso fez o meu nariz arder – Hélio comentou coçando o nariz.

– O meu também – Lucas disse rindo.

– O nosso grupo já está indo em direção a mata, vamos – Hélio falou apontando em direção a fila.

– Agora que começa de verdade – Lucas comentou.

– Sim. Acha que vai ser como? – perguntou Hélio.

– Não faço ideia, mas acho que vão pegar bastante no nosso pé – Lucas respondeu rindo.

Eles caminharam na fila por mais cinco minutos, até que Lucas observou as pessoas entrando na mata por um caminho estreito. Ele olhou para todas aquelas árvores densas, o vento já não estava mais tão forte, porém ainda era possível sentir a humidade vinda da mata.

Lucas entrou pelo caminho estreito e notou que na verdade se tratava de uma longa subida por entre as árvores, era uma trilha. *"Que ótimo, vamos começar já bancando o alpinista"* pensou ele enquanto se segurava nos troncos das árvores para não cair.

Todo o local estava húmido, os musgos nos troncos já tinham sujado toda a mão de Lucas, o chão estava barrento, o que o fez triplicar o cuidado para não cair e mesmo assim, não pode deixar de escorregar quatro vezes e quase cair enquanto subia a mata.

Suas pernas começaram a doer e a respiração ficou mais ofegante, ele já tinha perdido a noção do tempo, não sabia se era porquê estavam subindo a muito tempo, ou se simplesmente era seu corpo mostrando sinais de desistência. Lucas apostava na segunda opção. *"Eu sou uma pessoa sedentária. O que deu na minha cabeça de tentar fazer isso?"* pensou.

Lucas observou a clareira surgir na sua frente, um espaço grande cercado por árvores em todos os cantos. Ele olhou para as pessoas sentadas sobre as folhas secas e quase chorou de felicidade, seria a primeira vez que iria sentar desde que desceu do ônibus e isso, com certeza, já faziam mais de duas horas. Assim que se sentou sobre as folhas sentiu sua bunda gelar e só então percebeu que as folhas estavam sobre um barro muito úmido.

– Ai minha pobre calça – exclamou Lucas.

– A minha também – falou Hélio se sentando atrás de Lucas.

Haviam sete fileiras, uma para cada equipe. Lucas observou as pessoas, na sua maioria, caladas, apenas aguardando as próximas instruções a serem seguidas. Todos ali estavam receosos com o que viria a seguir, alguns aproveitaram para deitar o corpo sobre a mochila, outros estavam mexendo nas folhas no chão e um ou outro cochichava com o colega mais próximo.

– Atenção aqui, por favor – falou uma mulher que estava em pé observando a todos – O instrutor já virá falar com vocês, por enquanto vocês podem descansar um pouco.

Lucas confessou que queria sentar e descansar, no entanto, o tempo começou a passar, o chão foi ficando cada vez mais desconfortável e sua coluna começou a latejar por causa da falta de apoio. *"Eu queria descansar, mas não tanto moça"* pensou ele.

– Que demora – sussurrou Lucas chamando a atenção de Hélio que o olhou surpreso.

– Sim, está me dando sono – Hélio falou.

– Você imaginou que teriam tantas pessoas assim? – perguntou Lucas tentando puxar assunto.

– Eu imaginei que isso iria acontecer por causa da pandemia ano passado – Hélio respondeu – Eles acabaram adiando várias vezes, aí reuniu muitas turmas para fazer o treinamento.

– Faz sentido, não tinha pensado nisso – falou Lucas.

– Você começou o curso quando? – perguntou Hélio.

– Ano passado, por volta de setembro – Lucas respondeu – E você?

– Também, então acho que somos da mesma turma – respondeu Hélio.

– Por que quis fazer o curso de comissário? – perguntou Hélio.

– Porque...

– Bom dia – falou o instrutor interrompendo Lucas.

– Bom dia – responderam todos.

– Mas que bom dia... – falou o instrutor dando ênfase ao "bom dia" – mais fraco. Estão dormindo? Vamos de novo. Bom dia! – gritou o instrutor.

– Bom dia! – responderam todos mais alto.

– Agora sim. Meu nome é Marcos, hoje eu serei um dos seus instrutores, mas eu quero que vocês me vejam como amigo de vocês, como um guia, alguém para confiar – Marcos falou sorrindo.

Marcos não era muito alto, ele vestia um uniforme militar como todos os outros instrutores, carregava um cinta com diferentes ferramentas, apesar do cabelo grisalho denunciar sua idade mais avançada, seu sorriso e jeito animado o fazia parecer bastante jovial.

– Antes de começarmos vou me apresentar para vocês. Eu me formei como oficial da aeronáutica a mais de vinte e cinco anos. No entanto, quando eu estava perto da casa dos quarentas eu quis experimentar algo novo, por isso decidi tentar a carreira de comissário de voo, trabalhei nisso por sete anos e finalmente me aposentei – Marcos falou com um sorriso no rosto, como se pudesse visualizar um filme da sua própria vida passando em sua frente – Como vocês podem perceber eu gosto muito de trabalhar no ar. Eu aprendi muita coisa ao longo desses anos e hoje em dia eu dou o treinamento de sobrevivência para os futuros comissários. Alguém tem alguma pergunta?

– Por que largou a força aérea? – perguntou Lucas curioso. Na sua cabeça não era uma troca com muitos benefícios.

– Boa, muita gente diz que eu tinha mais oportunidades na força aérea, e realmente é verdade – Marcos falou calmo – Mas eu queria explorar o mundo, no entanto a carreira de aeronauta tem muitos empecilhos para se fazer isso. Por isso escolhi estar no céu, que um lugar que eu amo, trabalhando com algo que me permitia conhecer diferentes culturas. Mais alguma pergunta?

– Trabalhou em empresa internacional? – perguntou uma moça.

– Sim, em uma empresa da Europa, mas vou ser sincero, meu currículo de militar ajudou muito a conseguir emprego internacionalmente – respondeu Marcos – Agora eu quero saber de vocês. Por que escolheram essa profissão?

– Quero conhecer diferentes culturas também – respondeu uma moça.

– Eu quero por causa das oportunidades.

– E eu porquê o salário é bom e parece um emprego bacana – respondeu um rapaz.

– Deixa eu ser sincero, se vocês acham que é um emprego fácil, que é apenas servir suco, chá, café e comida, então desistam – Marcos disse sério – É um emprego que exige tempo, você quase não vai dormir, vai ter que se acostumar com diferentes fusos horários e se Deus nos livre, um avião chegar a cair, vocês serão os únicos com conhecimento e obrigação de manter vivo os sobreviventes. Entendido?

– Sim – responderam todos.

– Ótimo. Então antes de realmente começarmos vou liberar vocês para irem ao banheiro – Marcos falou e Lucas ouviu o murmúrio de alívio vindo das pessoas – A Sara irá coordenar tudo, eu vou ver como os outros instrutores estão e já volto.

– Bom, primeiro vão os meninos – Sara falou enquanto Marcos deixava o local – Vocês têm que descer naquela direção, lá embaixo é só escolherem a árvore que vão querer regar ou fertilizar – ela disse tirando risos da turma – Levem as mochilas ou ao menos os itens de higiene necessários, eu não recomendo usar as folhas daqui, principalmente porque tem muitas urtigas.

Lucas pensou se iria ou não, porém não sabia quando teria outra oportunidade de aliviar a bexiga e resolveu aproveitar. Ele se levantou junto de vários outros garotos e seguiu na direção indicada.

A descida era íngreme, Lucas tentou procurar um lugar onde pudesse urinar sem que ninguém visse o *"Lucas Júnior"*. Ele não estava acostumado a fazer suas necessidades em público muito menos em meio a natureza. Assim que encontrou um espaço onde não havia ninguém, aproveitou a oportunidade para fazer sua necessidade.

O problema é que sua vontade de urinar havia desaparecido e junto dela, seu pênis se encolheu e se escondeu por causa do frio. *"Colabora amigo. Eu não quero ser o último a voltar lá em cima."* pensou ele forçando a urinar sair.

– É horrível urinar no meio do mato, você não acha? – Lucas se assustou com a voz atrás de si e virou no desespero.

A situação que se seguiu foi a mais embaraçosa que Lucas já havia passado em toda a sua vida. Após levar um susto, ele se virou e viu Hélio lhe esperando. Hélio estava sorrindo, porém, uma expressão de surpresa surgiu em seu rosto e só então Lucas percebeu que ainda estava com o pênis minúsculo e encolhido para fora da calça.

Lucas entrou em desespero com a situação e sua bexiga resolveu corresponder a isso liberando a urina presa. Ele mijou respingando em Hélio que se afastou bruscamente, Lucas se virou assustado, terminou de urinar e finalmente guardou o pênis. Ele encarou Hélio com uma expressão de choque misturada com vergonha, olhou em direção a calça de Hélio e viu os respingos de urina.

– Meu Deus, me desculpe... eu... – Lucas falou sem saber o que fazer.

– Está tudo bem – Hélio disse olhando para a própria calça.

– Eu acabei me assustando quando você falou.

Hélio o encarou sério e Lucas sentiu ainda mais vergonha com o ocorrido. Ele se aproximou do outro e acabou não prestando atenção no tronco perto do seu pé, tropeçou e caiu em cima de Hélio o derrubando junto. Lucas olhou para ele sem saber o que falar, notou o olhar de surpresa e raiva da pessoa embaixo de si e engoliu em seco.

– Você... você, se machucou? – perguntou Lucas nervoso.

Lucas tentou se levantar do chão, porém o barro fez sua mão escorregar, o fazendo cair com a cabeça muito próxima de Hélio que o encarou assustando. Lucas sentiu a respiração quente de Hélio sobre seu pescoço, ele levantou o rosto lentamente e notou os olhos surpresos de Hélio sobre si. Suas bocas estavam muito próximas e por uma fração de segundo Lucas sentiu-se atraído por aqueles lábios.

– Pode se levantar agora? – falou Hélio tirando Lucas de seu delírio.

– Claro, me desculpa mesmo, eu sou um desastre – Lucas disse se afastando e se levantando com mais cuidado.

– Tudo bem, eu entendo que você se assustou, urinou em mim, ficou desesperado e acabou caindo – Hélio disse se levantando e limpando as costas.

– Eu acabei urinando em você, ah que droga... não tem um buraco onde eu possa me jogar? – comentou Lucas sentindo o rosto esquentar.

– Você está vermelho de novo – Hélio disse rindo – Está tudo bem, a culpa foi minha, eu te assustei.

– Vocês dois aí, já terminaram? – Lucas e Hélio se assustaram com a voz de Sara os chamando.

Ele limpou melhor a roupa, encarou Hélio por um tempo ainda com vergonha por tudo o que havia acabado de acontecer. Porém, outra coisa além da vergonha fez o sangue circular em suas veias ainda mais rápido, um flash de imagem que se repetia em sua mente, por algum motivo Lucas se incomodou com a lembrança dos lábios de Hélio próximos aos seus.

CAPÍTULO 5
UMA ARAPUCA

Após os homens, Sara liberou para que as mulheres descessem a clareira para poderem se aliviar. Lucas continuou calado, ainda muito envergonhado com toda a situação ocorrida. Ele observou Hélio se aproximar e se sentar atrás de si, Lucas realmente não sabia se teria coragem de puxar algum outro assunto com ele.

– Você ainda está com vergonha? – perguntou Hélio sussurrando.

– Ah, não... Claro que não – respondeu Lucas.

– Meu Deus, você ainda está com vergonha! – Hélio exclamou rindo.

– Para com isso – Lucas retrucou tímido.

– Não se preocupa, não vou contar para ninguém – Hélio disse próximo do ouvido de Lucas.

– Contar o que? – Lucas disse o olhando sério.

– Deixa eu ver, que você uri... – Hélio foi interrompido pela mão de Lucas cobrindo sua boca – Estou brincando, eu realmente não ligo Lucas.

– Vamos começar o treinamento então? – exclamou Marcos voltando e atraindo a atenção de todos – Todos já foram as cabines privativas da mãe natureza?

– Sim – respondeu Sara.

– Perfeito. Meus caros, agora vocês irão se separar, porque eu sou incrível, mas não consigo dar aula para setenta alunos ao mesmo tempo – Marcos falou fazendo os outros rirem – Equipe um e dois vocês irão seguir a instrutora Sara para a aula de abrigo e fogueira. Equipe três e quatro vocês irão até a aula de primeiros socorros.

Assim que Marcos deu as ordens, as equipes citadas se levantaram e seguiram nas direções indicadas. As outras três equipes restantes permaneceram sentadas aguardando suas instruções.

– Agora, vocês podem levantar, peguem aquela lona lá no canto e estiquem ela aqui – Lucas olhou para um dos cantos da clareira e viu uma lona dobrada. Ele foi até ela, pegou e com a ajuda de outros três meninos, esticou sobre o espaço indicado – Essa lona é muito importante. Alguém sabe para o que é?

– Montar abrigo? – perguntou uma moça.

– Interessante, mas não. É para vocês colocarem as mochilas de vocês – Marcos falou fazendo os outros rirem – Agora se reúnam em um círculo aqui no meio.

Assim que colocaram as mochilas sobre a lona, todos começaram a se organizar em um círculo ao redor de Marcos. Lucas se posicionou e notou que Hélio saiu do lugar onde estava, caminhou em sua direção com um sorriso no canto dos lábios e se enfiou ao seu lado.

– Vocês todos, a partir de agora, estão em uma sobrevivência real. Alguém sabe me dizer qual é uma das coisas mais importantes para se fazer nessa situação? – perguntou Marcos.

– Achar abrigo – Lucas respondeu.

– Isso é importante, o que mais? – perguntou Marcos.

– Fazer fogueira – respondeu Hélio.

– Extremamente importante, porém qual a outra necessidade essencial para uma sobrevivência? – Marcos continuou instigando.

– Água? – perguntou uma moça.

– E comida – complementou Hélio.

– Exato. Alguém sebe me dizer na falta de qual desses dois o ser humano consegue viver mais? – perguntou Marcos.

– Sem água morre mais rápido – respondeu Lucas.

– Na verdade, isso vai depender muito da própria pessoa, uma pessoa que possua bastante gordura corporal, pode sobreviver somente com água, no entanto alguém muito magro se não se alimentar vai ficar sem energia para as funções celulares e vai morrer mesmo tendo água – Marcos falou sério.

– Como achar água na selva? – perguntou uma moça.

– Existem diversas maneiras, alguns cipós de casca grossa, cocos, bambus ou cactos tem água armazenada dentro deles – Marcos explicou – Existe uma árvore chamada Gravatá que tem folhas grandes e próximas umas das outras, isso permite armazenar águas da chuva. Bananeiras crescem em lugares úmidos então provavelmente tem chances de encontrar riachos ou lagos por perto.

– Também tem a embaúba, as raízes armazenam água – falou Hélio.

– Correto, vocês também podem purificar água do rio e da chuva ou coletar água através de métodos como um destilador solar – Marcos falou.

– O que é isso? – perguntou uma moça.

– Você faz um buraco no chão, coloca uma vasilha no centro do buraco e cobre ele com uma lona e põe uma pedra no centro da lona. O calor do sol vai fazer a água destilar, escorrer pela lona e pingar na vasilha, armazenando água líquida – Marcos disse mostrando com gestos todo o processo – Com isso vocês viram que existem muitas maneiras de se obter água, o problema está em obter comida. Alguém sabe como?

– Às vezes pode sobrar nos restos do avião – falou Lucas.

– Sim, mas não conte com isso. Em medidas extremas você vai ter que caçar, procurar frutas ou grãos para cozinhar – Marcos falou – Lembrem-se, alimentos que contém amido devem ser cozidos, para saber se uma fruta é ou não venenosa, basta observar se animais silvestres se alimentam dela.

– E a caça? – perguntou uma moça.

– Isso é o que vocês irão fazer agora – respondeu Marcos – Vocês irão construir uma arapuca. Cada equipe deve cooperar entre si para construir a sua própria arapuca. Entendido?

– Sim – Todos responderam.

– Então já podem ir – Marcos deu a ordem dispensando as equipes.

Lucas se reuniu com sua equipe em um canto mais isolado da clareira. Até o momento, ele havia conversado apenas com Hélio, por isso os outros ainda eram desconhecidos.

– Olá gente, eu sou Vitor, fui indicado o primeiro da fila, por isso sou o líder da equipe – falou um rapaz alto.

– Eu sou Márcia.

– Mônica.

– Eu me chamo Lucas – disse ele se apresentando.

– Rafael.

– Oi gente, eu sou a Luana, mas podem me chamar de Luna.

– Bárbara.

– Hélio.

– Então, alguém aqui sabe como construir uma arapuca? – perguntou Vitor.

– Eu sei – Lucas respondeu atraindo a atenção de todos – Eu moro no interior, é comum aprender isso lá. A gente caçava passarinho quando era criança.

– Você vai guiar a gente então – Vitor falou rindo.

– Bom, então preciso de corda ou barbante, e paus, muitos paus, digo gravetos, não muito grandes e nem muito grosso – Lucas falou tentando parecer o menos malicioso possível, porém pela reação das pessoas ele teve certeza que havia fracassado.

A equipe se espalhou pelo meio do mato buscando encontrar a maior quantidade possível de madeira para fazer as arapucas. Lucas tentou imaginar na sua cabeça, tentando se lembrar da época que costumava brincar com os seus primos de caçar passarinho.

– Isso é o suficiente? – perguntou Márcia.

– Sim – Lucas disse olhando para a pilha coletada – A base deve ser maior, então peguem os maiores e quanto mais reto melhor é. A gente precisa amarrar as extremidades formando um quadrado.

– Eu consegui barbante – falou Rafael – o instrutor tinha.

– Perfeito – Lucas disse pegando o rolo de barbante – Alguém tem uma tesoura ou uma faca?

– O instrutor tem, mas ele disse que na selva a gente não vai ter isso então é para improvisar – Rafael falou.

– Eu posso arrebentar as tiras – Hélio disse e Lucas o olhou preocupado.

– Vai precisar de muitas tiras, vai acabar machucando sua mão – Lucas falou.

– Está tudo bem – Hélio disse com um sorriso e Lucas lhe entregou o rolo com receio.

Hélio começou a arrebentar os pedaços de barbantes conforme Lucas ia amarrando cada extremidade da base. Assim que terminou a primeira parte, Lucas posicionou as colunas da arapuca que ia sustentar o restante dos gravetos. Ele observou os dedos de Hélio ficarem cada vez mais vermelhos.

Lucas notou os vários fios de barbantes no chão, olhou para Hélio que fez uma leve careta de dor e instintivamente se aproximou segurando sua mão. Ele notou que as pontas dos dedos de Hélio estavam bastante vermelhas por causa de forçar o barbante para arrebentar.

– Chega, vai acabar machucando muito sua mão – Lucas disse alisando a parte machucada da mão de Hélio que o observava com curiosidade – A gente já tem bastante, pode parar.

– Certo – Hélio falou calmo.

Lucas sentiu o polegar de Hélio acariciar sua mão e sentiu um formigamento subir suas costas. Ele olhou para os olhos caramelos de Hélio e se perdeu por alguns segundos na imensidão daquele desconhecido.

– Está certo? – Vitor perguntou atraindo a atenção de Lucas que soltou rápido a mão de Hélio.

– Está, é isso mesmo – Lucas falou olhando para as pessoas amarrando as várias extremidades da arapuca – Conforme vai subindo o tamanho das madeiras diminuem fechando em cima.

– É igual uma pirâmide – comentou Hélio.

– Exatamente, por isso na ponta os paus devem ser pequenos – Lucas falou sério.

– Você tem pau pequeno? – Hélio perguntou sério e Lucas o olhou incrédulo assim que percebeu a zombaria na sua pergunta maliciosa.

– O que? – perguntou Lucas com a voz mais estridente que seu timbre natural.

– Por que está vermelho de novo? – Hélio perguntou próximo do rosto de Lucas.

– Eu... eu não estou vermelho – Lucas disse engolindo em seco.

– Estou falando desse pau – Hélio disse colocando um pequeno graveto nas mãos de Lucas – Do que achou que eu estava falando?

– Eu não achei nada – Lucas retrucou irritado com a clara ousadia de Hélio.

– E então? Um pau desse tamanho está bom? – Hélio perguntou com uma expressão inocente.

– Está ótimo – Lucas disse pegando o pequeno graveto e voltando sua atenção para terminar de amarrar o topo da arapuca.

Não demorou muito para terminarem a tarefa dada pelo instrutor. Lucas olhou ao seu redor e notou que os outros grupos ainda estavam nas partes iniciais e sentiu uma leve satisfação.

– Ficou ótimo, parabéns para toda equipe – Marcos falou se aproximando e analisando a armadilha.

– Vamos testar ela? – perguntou Hélio na brincadeira.

– Sim – Marcos respondeu sério.

– Espera, vamos mesmo? – Hélio perguntou surpreso e viu um sorriso surgir no canto do rosto de Marcos.

– Prestem atenção aqui – Marcos disse se levantando e chamando a atenção de todas as equipes – Vocês são as três equipes sortudas que irão caçar o nosso alimento de hoje.

– Espera, sério? – perguntou Lucas com desânimo.

– Sim. Antes de vocês chegarem a nossa equipe soltou mais de trinta frangos ao redor de vocês, eles não devem estar longe – Todos resmungaram com isso – Vocês irão entrar no meio da selva, armar a arapuca e pegar um frango para podermos cozinhar. E como vocês foram a primeira equipe a terminar isso, vocês terão a honra de serem os primeiros a entrar na mata.

– Meu Deus. Pegar frango com arapuca, isso tem como? – perguntou Vitor chocado.

– Eu acredito na capacidade de vocês, mas acredito principalmente na fome. Se não pegar, não come, é matemática simples – Marcos disse com um sorriso no rosto – Agora vão e me tragam um frango.

– Eu realmente pensei que ele estava brincando – comentou Hélio enquanto a equipe entrava em meio a mata.

CAPÍTULO 6

FUI CAÇAR UM FRANGO
E PEGUEI UM PINTO

Faziam mais de dez minutos que a equipe estava procurando um frango, por um leve momento Lucas questionou se não estavam sendo enganados, pois era o que realmente estava parecendo ser. Ele olhou para as outras pessoas caminhando ao seu redor em silêncio tentando achar algum sinal.

– A gente tá muito grudado, não vamos achar nada assim – falou Vitor – Vamos nos separar em duplas.

– Também acho melhor, tem mais chance de encontrar – respondeu Lucas.

– Certo, somos em oito pessoas, vamos nos dividir em quatro grupos – Vitor disse e os outros concordaram com a cabeça.

– Eu e o Lucas vamos por ali – Hélio falou atraindo a atenção de Lucas.

– Vamos? – Lucas perguntou confuso e notou o olhar de Hélio sobre si – Isso, vamos por ali, se encontrarmos algo a gente grita.

– Isso, se alguém encontrar algo é só gritar – falou Vitor – Não se afastem demais para não se perderem.

Hélio e Lucas seguiram na direção que tinham falado. Lucas o olhou questionando-se sem entender direito o porquê Hélio sugeriu que eles formassem dupla. Hélio notou que estava sendo observado, parou e ficou encarando Lucas por um tempo e sorriu.

– Eu odeio mato – falou Hélio respirando profundamente.

– Por que queria formar dupla comigo? – perguntou Lucas sendo direto.

– Ué, somos amigos, não é? Eu diria que de todos ali é de você que eu estou mais íntimo – Hélio respondeu com um sorriso no rosto – Por que? Não quer caçar uma galinha comigo?

– Primeiro, não são galinhas, são frangos – Lucas falou.

– E tem diferença? – Hélio questionou.

– Boa pergunta, também não sei – Lucas falou refletindo nisso – Mas deve ter.

– Para mim o gosto é o mesmo – Hélio falou rindo – Elas ficam ótimas em uma pizza com catupiry.

– Você está me deixando com fome – Lucas falou assim que sentiu o estômago doer.

– Vamos, a gente tem que achar uma galinha – Hélio disse voltando a andar.

Lucas respirou fundo tentando arrumar ânimo para continuar. Eles seguiram olhando cuidadosamente os arbustos e ao redor das árvores tentando identificar alguma pena ou pegadas que indicassem um frango. Lucas estava quase desistindo quando olhou para um dos cantos e conseguiu ver um frango de penas marrom ciscando.

– Achei um – falou Lucas atraindo a atenção de Hélio que veio em sua direção – Olha que desgraça, eles ainda colocaram os frangos com pena marrom para ficar mais difícil de achar – Lucas falou bufando de raiva – Vou chamar o restante do pessoal.

– Não – Hélio interrompeu – E se o pegarmos sozinhos?

– Por que? – perguntou Lucas confuso.

– Eu quero levar o crédito por ter pego o almoço de todo mundo – Hélio respondeu sorrindo – Você não quer os méritos?

– É, seria legal – Lucas falou pensativo – Mas e se ele escapar?

– Então ele nunca existiu – Hélio disse com um sorriso malicioso no rosto.

– E eu achando que você era santo – Lucas comentou.

– Sou tudo, menos santo – Hélio retrucou – Mas e aí? Vamos pegar ele?

– Tudo bem – Lucas concordou – Mas como faremos isso? A gente não está com a arapuca.

– Tem razão – Hélio falou pensativo, Lucas notou sua expressão mudar e ele começou a tirar sua jaqueta – Você distrai a galinha, eu chego por trás e prendo ela com a jaqueta.

– Essa é com certeza a pior ideia que eu já escutei em toda a minha vida – Lucas falou sem acreditar – Está falando sério?

– Sim – Hélio disse.

– E como é que eu vou distrair uma galinha? – perguntou Lucas.

– Sei lá, faz *có có* para ela – Hélio disse rindo.

– Eu jamais vou me submeter à uma humilhação dessa – Lucas disse abismado.

– Ah vamos lá, é rápido – Hélio disse com uma voz levemente manhosa.

– Por que você não faz *có có*? – perguntou Lucas.

– Por que eu sou menor que você, a chance dela me ver chegando é menor – Lucas não podia refutar esse argumento.

– Tá bom, droga – Lucas disse praguejando – Se você contar isso para alguém eu juro que é você quem eu vou caçar.

– Ninguém nunca vai saber que você fez *có có* – Hélio disse tentando esconder o riso.

– Pode parar – Lucas disse o censurando – Vamos logo.

Lucas odiou o plano e não conseguia entender exatamente o porquê topou fazer isso, porém por mais que quisesse negar, parte de si se sentia incapaz de dizer não. *"Ótimo, eu vou fazer có có para uma galinha. Eu cheguei ao fundo do poço mesmo"* pensou.

Lucas se aproximou pelo flanco da pobre galinha que ciscava em paz. Ele a encarou atraindo a atenção dela para si, observou Hélio se aproximar lentamente com a jaqueta aberta em suas mãos pronto para aprisiona-la. Lucas respirou profundamente arrumando coragem para o que faria a seguir.

– *có... có... cóoooo...* – Lucas fez um barulho estranho com a garganta cada vez mais constrangido com o que estava fazendo.

Ao menos a atenção da galinha estava presa nos sons estranhos emitidos por Lucas, porém Hélio acabou pisando um galho chamando atenção para si. Ele avançou rapidamente sobre ela, entretanto não conseguiu prende-la como havia planejado, Hélio acabou caindo no chão e a galinha correu para o outro lado.

Lucas correu atrás dela na tentativa de levá-la em direção a Hélio que se levantou e se escondeu atrás de um tronco esperando para dar o bote quando a galinha passasse por perto. O plano estava funcionando, Lucas começou a cerca-la pelos lados e desviou a rota dela em direção à Hélio que em um sobressalto caiu em cima da galinha prendendo-a de baixo do tecido.

Hélio se sentou em volta da galinha que se debatia embaixo pano, ele usou as pernas para prender as extremidades blusa impedindo assim a fuga dela, porém claramente ela não cederia sua vida à panela sem uma luta justa, na primeira oportunidade a ave tentou escapar usando a pequena brecha entre a barriga de Hélio e a blusa.

– Rápido Lucas, pega ela aqui – Hélio falou e Lucas se aproximou.

– Segura ela, você está com as mãos livres – Lucas disse rindo.

– Eu não, vai que ela me bica – Hélio disse sério.

– Tudo bem, eu vou enfiar a mão por baixo da blusa, segurar ela, quando eu disser pronto, você pode levantar – Lucas disse se agachando na frente Hélio.

– Tudo bem – Hélio concordou.

Lucas colocou as mãos cuidadosamente embaixo da blusa por uma pequena brecha. Assim que a sentiu ele começou a procurar pelo pescoço do animal, sabia que não podia segura-la pelas penas ou ela poderia escapar, entretanto, ao sentir o toque de Lucas ela começou a se debater ainda mais. Lucas ficou com medo dela acabar escapando depois de tanto esforço, levou sua mão mais para frente e apertou.

– Ah! – gritou Hélio assustando Lucas – Solta, isso não é a galinha.

– O que vocês estão fazendo? – perguntou Vitor surgindo acompanhado dos demais integrantes da equipe. Lucas encarou a todos arregalando os olhos.

Lucas olhou para Hélio e percebeu que estavam em uma situação muito constrangedora. Hélio estava sentado, com uma blusa cobrindo o colo, Lucas estava ajoelhado na sua frente com a mão enfiada sob a blusa. As meninas tentaram disfarçar suas reações em relação a cena presenciada.

Lucas notou que sua mão ainda estava apertando o pênis de Hélio, ele retirou-a apressadamente e finalmente achou o pescoço da galinha, apertou, e a levantou tirando-a da blusa, a segurou pelas patas, olhou para Hélio que massageava freneticamente a região do pênis e sua expressão de dor fez Lucas ficar preocupado.

Ele se agachou e com a mão livre ajudou Hélio a se levantar, ele encarou a expressão de surpresa dos outros e lentamente ergueu a galinha na tentativa de explicar a situação embaraçosa que eles haviam presenciado.

– Achamos um frango – Lucas falou exibindo a galinha e entregando para Vitor segurar.

– Perfeito – Vitor falou sorrindo – Por que não chamaram a gente para ajudar?

– Ah... – Lucas olhou para Hélio sem saber o que responder.

– Ficamos com medo dela fugir antes de vocês chegarem – Hélio disse ainda com expressão de dor.

– Faz sentido, bom trabalho – Vitor falou – Vamos voltar até o instrutor.

– Por que apertou tão forte? – Hélio sussurrou perguntando próximo ao ouvido de Lucas – Tudo isso era raiva da galinha ou de fazer *có có*?

– Quer que eu aperte novamente? – Lucas perguntou com um sorriso torto.

– Não, eu dispenso, você é muito bruto – Hélio disse respirando profundamente.

– Então você gosta de carinho? – Lucas perguntou maliciosamente.

– Eu não disse isso – Hélio respondeu e começou a caminhar na direção dos outros acompanhado de Lucas.

Assim que voltaram para a clareira onde estava o instrutor eles exibiram a galinha se debatendo, o que fez todos os olharem surpresos. Marcos abriu um sorriso largo e se aproximou pegando o frango.

– Parabéns, eu estava certo de confiar na fome de vocês – falou Marcos.

– Foram o Lucas e o Hélio que pegaram – Vitor falou apontando para os dois – A gente se separou para ter mais chances de encontrar, aí eles acharam e conseguiram pegar.

– Se separar sem ter uma bússola para cada grupo foi perigoso, poderiam ter se perdido – falou o instrutor – Mas parabéns pelo esforço. Agora, falando em bússola, vocês estão prontos para a última tarefa da minha aula.

– É navegação na selva? – Lucas perguntou assim que se lembrou que essa era uma das partes na aula teórica que ele mais queria ver na prática.

– Exatamente – Marcos concordou – Vocês são em oito pessoas, vão se dividir em dois grupos de quatro pessoas. Sabem como funciona uma navegação na selva?

– É com o homem ponto, homem bússola, homem passo e homem carta – Hélio respondeu.

– Exatamente. E o que cada um deles faz mesmo? – perguntou Marcos.

– Homem ponto guia a navegação, ele que lidera o grupo e limpa o caminho – Lucas respondeu – O homem bússola guia a expedição usando uma bússola, o homem passo conta quantos passos foram dados, a cada mil trezentos e trinta e três passos, significa que foi andado aproximadamente um quilómetro.

– E o homem carta? – perguntou Marcos com um sorriso no rosto.

– Ele identifica os pontos de referência – Hélio completou.

– Muito bem, vocês irão fazer isso na prática – Marcos disse – Agora se separem em dois grupos.

– Eu lidero um e Lucas pode liderar o outro – Vitor sugeriu.

– Eu? – Lucas perguntou surpreso – Tudo bem. Quem vai no meu grupo?

– Eu – Hélio respondeu se aproximando – Posso ser o homem bússola.

– Posso ser o homem passo? – perguntou Márcia e Lucas afirmou com a cabeça.

– Fiquei com o mais fácil – falou Rafael rindo – Homem carta.

– Ótimo, quatro pessoas. Aqui estão as bússolas – Marcos falou entregando uma pequena bússola para Hélio – A agulha sempre aponta para o norte magnético, quem estiver com a bússola deve sempre permanecer do lado do homem ponto. Deve prestar atenção na direção que está indo. Alguma dúvida?

– Não – respondeu Hélio.

– Prestem atenção, esse é o exercício mais perigoso que vão fazer – Marcos disse com o tom de voz elevado – Vocês vão entrar na mata e seguir na direção noroeste por vários quilómetros até chegarem na próxima clareira onde o seu novo instrutor vai estar esperando. Sim, é uma caminhada longa.

– Espera, sozinhos? – Márcia questionou.

– Você e seu grupo – Marcos falou – Não saiam da direção noroeste, ou irão se perder. Homens guia, vocês devem observar o melhor caminho a se seguir, um que não vá deixar a equipe exausta. Homens bússola, lembre-se que o sucesso da navegação está na mão de vocês. Homens passo, é função de vocês contarem quantos quilómetros vai dar daqui até o local e relatar tudo ao novo instrutor. Homens carta, vocês devem anotar cada ponto de referência possível e relatar ao novo instrutor. Entendido?

– Sim – Lucas disse com receio. Até o momento eles não tinham sido largados completamente sozinhos, porém, agora estavam prestes a entrar em meio a mata com o conhecimento teórico que tinham.

– Ótimo, pode começar o primeiro grupo, depois de quinze minutos ei libero o outro – Marcos falou dando a ordem.

– Qual é a direção noroeste? – perguntou Lucas para Hélio que apontou o caminho na direção das árvores – Certo pessoal, vamos por ali.

Lucas adentrou a mata com Hélio ao seu lado, ele parou por um momento analisando as possibilidades ao seu redor e tentando achar um percurso sem muito barro, troncos ou galhos secos. Logo encontrou e seguiu.

– Márcia, você começou a contar os passos? – perguntou Lucas.

– Sim, foram três – ela disse rindo.

– Sempre que der um quilómetro você nos avisa – Lucas falou e ela concordou com a cabeça – Não conversem com a Márcia a não ser que seja extremamente essencial ou ela pode acabar perdendo a conta. Rafael tente decorar o máximo de informações e detalhes possíveis do caminho.

– Certo – Rafael falou concordando.

– Hélio, se eu acabar desviando do caminho me avise – Lucas disse e Hélio concordou com a cabeça.

Lucas começou a andar guiando a expedição, ele gostava dessa sensação de liderança e ao mesmo tempo da adrenalina liberada pela aventura. Ao seu lado, Hélio olhava sério para a bússola sempre corrigindo sua direção quando desviava do noroeste.

CAPÍTULO 7
CENTRO DAS ATENÇÕES

Faziam quase vinte minutos que eles estavam andando em meio a mata. Para todos os cantos que Lucas olhava, conseguia ver apenas árvores e mais árvores, ele continuou seguindo liderando o grupo com um leve desconforto e medo de estar os levando para lugar nenhum.

– Deu um quilómetro – Márcia falou e Lucas parou de andar.

– Vamos parar aqui e descansar cinco minutos – Lucas falou e observou os outros sentarem no chão suspirando aliviados.

– Isso está demorando – Rafael comentou.

– Será que nos perdemos? – Perguntou Márcia e Lucas notou a respiração dela se intensificar.

– Você tem problemas com pânico? – perguntou Lucas.

– Como sabe? – questionou ela.

– Foi suposição, percebi que sua respiração acelerou quando pensou isso – Lucas falou e notou que Hélio o encarava sério.

– Eu tenho quando fico nervosa – Ela disse tentando controlar a respiração.

– Tenta fechar o olho e foca só na sua respiração – Lucas disse se aproximando e posicionando a mochila atrás dela permitindo-a se inclinar para trás – Isso vai dilatar mais suas vias respiratórias.

– Obrigado – Márcia agradeceu.

– Para te acalmar é só lembrar que isso é um treinamento monitorado – Lucas disse observando a mata ao seu redor tentando identificar qualquer coisa que pudesse indicar estar próximo do seu destino – Por mais que os instrutores digam que não estão nos observando. Provavelmente só falam isso para aumentar a adrenalina e fazer a experiência ser a mais próxima possível de uma situação real.

– Tem razão – Hélio falou assim que percebeu onde Lucas queria chegar – Isso é basicamente uma simulação de treinamento na selva, tem pequenos riscos, mas a escola não permitiria fazer esse tipo de exercício sem ter de fato segurança. Talvez tenham câmeras escondidas pela mata que permitem os instrutores localizar alunos caso se percam.

– Sim, a escola não pode oferecer esse treinamento sem segurança – Rafael complementou.

Lucas tinha essa consciência, de que devia ter algum tipo de segurança, entretanto ele não podia deixar de sentir receio. Isso o fez se questionar como seria em uma situação real de sobrevivência. Ele pegou sua garrafa de água e bebeu uma quantia regrada, não podia consumir tudo, ainda não sabia o que viria durante o resto do treinamento.

– Vou ver qual o melhor caminho para podermos continuar, podem ficar sentado descansando – Lucas falou atraindo a atenção de todos.

– Vou com você – Hélio disse se levantando e Lucas concordou com a cabeça.

Lucas se afastou acompanhado de Hélio, ele tentou observar as trilhas mais livres de obstáculos, não queria cansar os outros e apesar de manter uma postura confiante, estava com receio, não podia negar isso para si mesmo.

– Você fez de novo – Hélio comentou atraindo a atenção de Lucas.

– Fiz o que? – perguntou curioso.

– Ajudou outra pessoa sem pensar duas – Hélio disse se aproximando – Primeiro foi comigo e agora com a Márcia.

– Eu só não queria que ela tivesse um ataque de pânico – Lucas falou.

– Você é muito bom observando as pessoas – Hélio disse – Observou a respiração dela e observou que eu estava esfregando a mão por causa do frio.

– Eu geralmente só observo – Lucas falou rindo.

– É uma habilidade muito boa – Hélio falou com um sorriso.

– Ah, sabe como é. Eu tenho meus truques – Lucas falou se exibindo – Posso saber tudo sobre as pessoas.

– E como faz isso? – perguntou Hélio.

– Analiso as reações físicas do corpo da pessoa ou comportamento involuntário delas – Lucas disse se aproximando.

– Eu duvido – Hélio disse rindo.

– Eu posso saber o que você está sentindo nesse momento – Lucas disse ficando frente a frente de Hélio.

– Agora eu fiquei curioso – Hélio disse – Vamos, me analise. O que eu estou sentindo?

Lucas se aproximou diminuindo os centímetros entre os dois, ele observou os olhos caramelos de Hélio pousarem sobre si, seu sorriso diminuiu lentamente conforme Lucas se aproximava. Uma leve gota de suor escorreu sobre o rosto de Hélio e seus lábios se abriram lentamente. Lucas notou a pulsação no pescoço de Hélio aumentar e então olhou no fundo daqueles olhos e identificou sua pupila dilatar lentamente.

– E então? O que eu estou sentindo? – Hélio perguntou quase que como um sussurro e Lucas engoliu em seco.

Ele sabia muito bem o que aquelas reações físicas demonstravam, não era a primeira vez que as via, entretanto era a primeira vez que sentia uma euforia surgir no seu interior por causa disso. Ele conhecia muito bem esse sentimento e não queria admitir para si mesmo o que estava começando a sentir.

– Você é realmente um mistério – mentiu Lucas – Mas você está eufórico.

– Você é uma fraude – Hélio disse rindo.

– Eu errei? É a primeira vez que isso acontece – Lucas falou fingindo decepção.

– Sei... Você ainda não respondeu minha pergunta – Hélio disse encarando Lucas.

– Que pergunta? – questionou Lucas.

– Por que quis fazer o curso de comissário?

– Ah, essa pergunta – Lucas falou respirando fundo – Bom, é uma longa história.

– Temos tempo – Hélio disse se sentando no chão e encarando Lucas.

– Bom, se você insiste – Lucas disse se sentando também – Eu sou de uma família classe média. Meus pais sempre me cobraram para ter um bom emprego, e eu sempre quis sair de casa também.

– Eu entendo bem esse sentimento – Hélio falou pensativo.

– Então, antes da pandemia eu trabalhava como professor eventual para alunos de doze a quatorze anos. Exerci a profissão por quase dois anos – Lucas disse se lembrando das várias crianças que ele ensinou.

– Era professor do que? –Hélio perguntou.

– História, porém eu substituía qualquer aula que tivesse disponível, então literalmente já lecionei todas as matérias – Lucas respondeu – No começo foi legal, ver os alunos aprendendo, me ouvindo, se inspirando em mim, porém com o passar do tempo eu desanimei e percebi que não era o que eu queria.

– Foi aí que decidiu virar comissário? – Perguntou Hélio.

– Na verdade... veio a pandemia. Os professores eventuais foram dispensados pelo município e eu parei de trabalhar. Fiquei meses parado, as contas foram acumulando, não consegui emprego e tive que voltar a morar com meus pais – Lucas respondeu com uma voz triste – A ansiedade começou a atacar a ponto de eu começar a desenvolver pânico.

– Eu sinto muito – Hélio disse.

– Tudo bem, hoje em dia estou bem. Mas naquela época eu não queria voltar a dar aula, eu sentia que aquilo não era para mim – Lucas continuou – Eu acho que um professor deve amar o que faz independente dos perrengues. Eu era o professor que não gostava dos alunos *"problemas"* e um bom professor é aquele que valoriza acima de tudo os alunos *"problemas"*. Entende?

– Sim – respondeu Hélio.

– Meu sonho mesmo sempre foi ser ator, trabalhar na televisão, em filmes, nos palcos e interpretar vários personagens diferentes. Viver mil vidas em uma só – Lucas falou com um sorriso bobo – Porém no Brasil isso não é valorizado, e se você não for famoso dificilmente será bem sucedido na sua carreira. Além do mais, meus pais jamais me apoiariam nessa decisão.

– Por causa do dinheiro? – perguntou Hélio.

– Sim, mas também por que não é algo que eles gostam – Lucas falou – Eu tinha a opção de fazer medicina, eu seria respeitado, teria dinheiro e reconhecimento dos meus pais. E por um tempo eu coloquei na minha cabeça que isso seria meu futuro.

– Por que não foi? – questionou Hélio.

– Porque no final seria apenas pelo dinheiro e eu passaria o resto da minha vida infeliz. Foi isso que me deu ansiedade e pânico por meses. Seguir a carreira dos meus sonhos sem a certeza do sucesso ou seguir a carreira de sucesso sem a certeza da felicidade? – Lucas falou e notou o semblante de Hélio ficar triste – Foi aí que eu conheci a aviação.

– Conheceu como? – perguntou Hélio.

– Assisti uma série e o sonho do protagonista era ser comissário – falou Lucas sorrindo – Eu me interessei sobre a profissão e comecei a ler e pesquisar. Não era o que eu queria, mas era um meio termo. Como comissário eu posso fazer algo que gosto que é viajar e ganhar um bom dinheiro com isso.

– É, ser comissário tem uma ótima vantagem – Hélio disse refletindo.

– Sim, é um meio termo, isso me acalmou e eu decidi investir nisso – Lucas falou com um sorriso no rosto – Talvez no futuro, quando eu estiver estável, eu possa seguir a carreira de ator, porém até lá, vou viajar o mundo.

– Isso é uma ótima coisa a se fazer – Hélio disse sorrindo.

– Mas e você? Por que decidiu ser comissário de bordo? – perguntou Lucas.

– Minha história é muito mais simples que a sua – Hélio falou rindo – Eu só amo o céu desde a primeira vez que estive em um avião. Eu tinha oito anos e eu carrego aquele sentimento comigo até hoje – Hélio falou rindo – Eu amo viajar, amo aviões e sempre tive certeza do que eu queria ser.

– Já pensou em ser piloto? – Lucas perguntou.

– Eu ainda vou ser, porém é um curso muito caro e não tenho dinheiro para isso agora – Hélio disse.

– Isso é verdade, é realmente muito caro – Lucas comentou e encarou Hélio diretamente nos olhos – Sabe? Todos que eu vejo falando sobre o curso de comissário, sempre dizem que querem fazer por causa do benefício de viajar de graça ou conhecer outros países. Você é a primeira pessoa que eu conheço que quer fazer por que realmente ama o céu.

– Sério? – perguntou Hélio e Lucas concordou com a cabeça.

– Você será um comissário brilhante – Lucas falou quase como que um sussurro tirando um leve sorriso do rosto de Hélio – Acho que devemos voltar. Já deu o tempo de descansar.

– Tem razão – Hélio concordou.

Lucas se sentia muito mais próximo de Hélio nesse momento e esse sentimento lhe causava segurança misturada com desconforto. Ambos voltaram até Rafael e Márcia e os quatro continuaram a caminhada em direção ao noroeste. Após um longo tempo eles ainda não haviam chegado ao seu destino. Márcia já havia avisado que o grupo tinha andado dois quilómetros e meio e Lucas começou a se preocupar de verdade.

Logo eles começaram a escutar vozes vindas de algum lugar mais à frente, o que fez o ânimo de todos retornar e as preocupações diminuírem. Em alguns minutos eles chegaram à uma clareira, o lugar era uma vala cercada por alguns eucaliptos e pequenos arbustos. No centro haviam vários bonecos espalhados pelo chão, algumas caixas vermelhas de primeiros socorros e duas macas.

Lucas observou as várias pessoas sentadas ao redor do um homem com uniforme militar, eram seus colegas dos grupos que adentraram a mata depois deles. Eles caminharam em direção ao restante da equipe e se sentaram um pouco envergonhados.

– Finalmente chegaram, vocês demoraram. Meu nome é Gabriel, sou instrutor de primeiros socorros – falou o instrutor com um sorriso no rosto – Me disseram que vocês foram os primeiros a entrar na mata, podem me explicar o porquê demoraram tanto para chegar?

Hélio explicou detalhadamente sobre o caminho percorrido, as paradas a cada quilómetro andado para descansar cinco minutos e a forma como Lucas escolheu uma rota que não fosse exaustiva para os outros.

– Quantos quilómetros deu exatamente o caminho que fizeram? – perguntou Gabriel.

– Quase três quilómetros – respondeu Márcia – foram dois quilómetros e oitocentos e sessenta e dois passos.

– Isso que eu chamo de precisão – Gabriel falou rindo – A distância da primeira base até aqui é cerca de dois quilómetros, mas como vocês fizeram várias mudanças no percurso acabou demorando mais.

– Desculpa – Lucas falou constrangido.

– Desculpa? Pelo contrário, vocês foram a equipe que fez exatamente o deve ser feito – Gabriel falou atraindo a atenção dos outros – Todas as equipes estão de parabéns, no entanto, todas as outras equipe apenas pensaram em seguir em linha reta e chegar o mais rápido possível. Isso é um grande erro! Alguém sabe me dizer o porquê?

– Tinha muitos obstáculos? – um rapaz respondeu.

– Quase lá. Em uma situação real, deve-se economizar o máximo de energia, você não deve derrubar a floresta, deve contorna-la, ir parando para descansar, analisar o melhor caminho, checar a segurança de todos os membros, jamais tentem chegar mais rápido ao destino, a chance de se cansarem e morrerem é muito maior – Gabriel falou com um sorriso no rosto – Vocês foram os únicos que fizeram isso.

Lucas se sentiu levemente envergonhado por estar sendo o centro das atenções, ele observou Hélio acariciar suas costas e retribui o gesto um sorriso sereno.

– Lucas me ajudou também – falou Márcia para Gabriel e atraindo a atenção dos outros – Eu estava quase entrando em pânico e ele me acalmou.

– Parabéns a toda equipe, uma salva de palmas para eles – falou Gabriel deixando Lucas ainda mais envergonhado.

– Agora, vocês sentiram o que enquanto estavam fazendo esse exercício? – perguntou Gabriel.

– Medo, pânico, dá uma sensação de estar andando em círculos, isso nos deixa nervoso e até dá vontade de chorar – respondeu Márcia.

– Isso tudo sabendo que era apenas uma simulação, conseguem imaginar como é uma situação real? – Gabriel questionou – Agora imaginem uma situação que o avião acabou de cair, tem fogo por todos os lados, estilhaços, barulhos de gritos, pessoas desmaiadas, corpos espalhados, muito sangue, pessoas gritando por sua ajuda, a sua visão está embaçada e você só sabe que tem que correr o mais rápido possível para longe dos destroços porque existe o risco de explodir. Conseguem imaginar isso?

– Isso é horrível – comentou uma moça.

– Sim! E vamos reproduzir isso hoje – Gabriel falou deixando todos curiosos com o que viria a seguir.

CAPÍTULO 8

VOCÊ TEM GOSTO DE HORTELÃ

Lucas observou o instrutor organizando as maletas com os itens que eles iriam utilizar nessa parte do treinamento. Ele aproveitou o momento para se sentar e descansar um pouco, notou Hélio aproximar-se sentando ao seu lado com um olhar travesso.

– Qual é a sensação de ser elogiado assim? – perguntou Hélio.

– Fiquei com vergonha – Lucas falou rindo.

– Eu sei, você ficou vermelho – Hélio disse provocando e Lucas lhe deu um leve sorriso.

– Turma, prestem atenção aqui – Gabriel falou – Antes de iniciarmos a parte prática vamos conversar um pouco sobre algumas situações que acho importante vocês saberem. Quando terminarem o curso, vocês terão que fazer a prova da ANAC, por isso é interessante conhecer como funciona a prova na teoria. Vamos supor uma situação de emergência a bordo. Um passageiro está passando mal, qual é o procedimento padrão?

– Ver se tem algum médico a bordo – respondeu uma moça.

– Isso, porém, vocês vão perguntar se tem algum médico voluntário a bordo. Nunca se esqueçam dessa palavra, o serviço prestado deve ser voluntário – Gabriel falou – E se não tiver nenhum médico?

– Procurar alguém da área da saúde que possa ser voluntário? – respondeu uma outra moça.

– Correto, mas e se mesmo assim não tiver ninguém? – perguntou Gabriel.

– Aí sim cabe ao comissário tomar as providências – Lucas respondeu.

– Exato. E dependendo do caso clínico do paciente vocês podem dar medicamentos? – perguntou Gabriel.

– Sim. Os que estão no kit do comissário – respondeu um rapaz.

– Errado. Independente se está ou não no kit do comissário, você não pode medicar se não for um médico – Gabriel falou surpreendendo a todos – Então como vocês irão responder na ANAC?

– Que não pode – Hélio respondeu.

– Não. Vocês irão responder que pode – Gabriel disse deixando todos ainda mais confusos – Entendam, na ANAC eles querem essa resposta, que você pode dar o remédio, porém, na vida real vocês não devem fazer isso, pois pode coloca-los em situações muito problemáticas.

– Como assim? – perguntou um rapaz.

– E se é um medicamento errado? E se o passageiro for alérgico àquele medicamento? E se tiver reações? – questionou Gabriel – Por isso, para a sua segurança e da empresa, nunca dê remédios aos passageiros.

– Então o que fazemos? – perguntou Lucas.

– Devem tomar medidas que irão ajudar a melhorar os sintomas físicos do problema do passageiro e isso vai depender do que ele está sofrendo – Gabriel explicou – Por exemplo, alguém pode me dizer o que é uma hipóxia?

– Diminuição do oxigênio – respondeu Hélio.

– Exato. Quando o avião está a nível do mar, a condição é normal, porém quanto mais alto, maior é a falta do oxigênio – falou Gabriel – À dez mil pés vocês terão dor de cabeça e cansaço; à quatorze mil pés sofrerão sonolência, dor de cabeça, tontura, fraqueza da visão, perda da coordenação muscular e cianose; à dezoito mil pés terão tudo isso que eu falei só que muito mais crítico; à vinte e dois mil pés irão ter convulsão, colapso e entrarão em coma; à vinte e cinco mil vocês morrem em cinco minutos e por fim, à quarenta mil pés vocês morrem em doze segundos.

– Deve ser uma morte horrível – uma moça comentou.

– Bom, imaginem o seguinte – falou Gabriel – Um homem chega por trás de vocês, ele lhe agarra com força, te prende, passa o braço envolta do seu pescoço, começa a pressionar...

"Ah não. Não fala isso que minha mente não ajuda" pensou Lucas arregalando os olhos com as imagens que começaram a passar pela sua cabeça.

– O ar vai te faltando e o sangue deixa de subir para o seu cérebro, é a mesma sensação. Espera o que você está pensando? – perguntou Gabriel quando notou as expressões no rosto de Lucas.

Todos os olhos ali voltaram sua atenção para Lucas que ficava cada vez mais vermelho. Tudo o que ele queria era um lugar para poder se esconder, pois não sabia onde enfiar a cara. O instrutor começou a rir já sabendo o que se passava na cabeça dele. Lucas notou o olhar de Hélio sobre si o que lhe fez sentir ainda mais vergonha.

– O que você está pensando? – Gabriel insistiu enquanto dava gargalhadas.

– Deixa para lá – Lucas falou com vergonha.

– Gente, asfixiofilia com certeza não faz parte dos primeiros socorros tá!? Mas até para isso vocês devem ter segurança – Gabriel disse expondo os pensamentos de Lucas.

– Então é isso que se passa na sua cabeça – falou Hélio sussurrando próximo do seu ouvido.

– Não, eu só tenho uma imaginação muito fértil – disse Lucas envergonhado.

– Eu percebi – comentou Hélio com uma voz rouca que causou arrepios inesperados em Lucas.

– Bom, agora vamos dar início a parte prática. Iremos simular um acidente real, preciso de cinco voluntários para atuar como feridos – pediu Gabriel.

– Vai lá, quero te ver atuando – Hélio disse sério para Lucas – É a sua chance.

– Não, já chamei atenção de mais hoje – Lucas disse rindo.

– Mais um, falta mais um – Gabriel falou tentando achar mais um voluntário – Você... Garoto que gosta de brincadeiras ousadas, venha aqui.

Lucas abaixou a cabeça para esconder a vergonha, respirou profundamente, encarou Hélio rindo ao seu lado e se levantou ainda sem jeito. O instrutor mantinha um sorriso no rosto se divertindo com a situação. Lucas foi até o centro com os outros voluntários e notou o olhar de divertimento que Hélio lançava para ele.

– Preciso de pessoas para serem os amigos ou familiares desses cinco feridos – Gabriel chamou e logo tinham oito pessoas para fazer os papéis – Feridos, escolham um lugar ao redor de vocês, tirem a camiseta e deitem no chão.

Gabriel atribuiu para cada ferido uma situação de risco, um deles estava tendo hemorragia, outro tinha uma fratura exposta na perna, Lucas tinha as costelas quebradas, uma das moças teria convulsão e a última uma concussão. As pessoas que iam fazer os parentes e amigos deveriam gritar por socorro e ajuda, segundo as palavras do instrutor, causar muita confusão. O restante deveria prestar auxílio para os feridos e acalmar os ânimos.

– Isso é um jogo teatral que mostra superficialmente como é uma situação real – falou Gabriel – E para aproximar um pouco mais da realidade vou colocar sangue falso nos feridos.

Não demorou para que as pessoas que interpretavam os feridos estivessem cobertas de sangue pela perna, braço ou tórax. Lucas devia cuspir o sangue já que seu papel era simular uma fratura interna no tórax.

Assim que o instrutor deu as ordens os amigos e familiares começaram a gritar desesperados. Lucas fez o máximo para fingir a dor de ter uma costela fraturada, deixando o sangue falso escorrer para fora da boca. Em pouco tempo, o barulho ensurdecedor de pessoas berrando tomou conta do lugar.

Lucas observou Hélio se aproximar e se ajoelhar do seu lado. Uma moça se aproximou de ambos segurando uma das macas para movimentar Lucas, porém assim que ela tentou tocar nele, Hélio a interrompeu.

– Ele tem fratura no tórax interna, não podemos movimentar ele ou o osso pode acabar perfurando o pulmão – Hélio disse ríspido e moça arregalou os olhos, Lucas notou o olhar sombrio de Hélio por uma fração de segundos e se perguntou o porquê daquela reação – Em um caso assim só tem como acalmá-lo e imobilizá-lo com uma tala.

– Então eu vou pegar o tecido e as talas, você o acalma – Ela disse se virando e voltando de onde tinha vindo.

– Deite sua cabeça assim – Hélio falou com uma voz dócil ajeitando lentamente a cabeça de Lucas sobre sua mão.

– Bem melhor, aquelas pedras estavam me matando – Lucas cochichou.

– Fica quieto, você não fala – Hélio o reprendeu.

– Não gosta da minha voz? – perguntou Lucas fingindo um leve gemido de dor logo depois.

– Por que está me perguntando isso? – questionou Hélio com a voz baixa e um sorriso no canto dos lábios.

– Vamos, responde – Lucas disse deixando escapar um leve sorriso. Hélio o encarou perplexo e depois desceu os olhos por sua barriga.

– Parece que não é só da minha voz que você gosta – Lucas comentou sorrindo – Pode tocar meu belo corpo se quiser.

– Seu...

– Consegui a tala e o tecido – falou a menina voltando com os objetos e interrompendo Hélio que voltou a fechar a expressão quando a viu.

– Segure os dois pedaços de madeira um de cada lado da costela dele desse jeito – Hélio falou mostrando a ela como segurar.

Hélio pegou o tecido longo e o dobrou adequadamente. Gentilmente ele começou a passar o tecido por baixo da perna de Lucas e o levou até o meio do tórax, então com todo cuidado começou a amarrar prendendo os dois pedaços de madeira. Entretanto Lucas não podia deixar de provoca-lo e com uma voz de dor resolveu reclamar.

– Ai, isso dói, vai mais devagar – falou fingindo dor e observou os olhos de Hélio o fuzilarem.

– Achei que você gostasse de sentir dor – Hélio disse insinuando com um tom erótico. Lucas sentiu seu rosto ficar vermelho, ele olhou para a moça ao lado que tentava a todo custo não dar risada – Mas se quiser eu posso te amarrar mais gentilmente.

– Não... Está bom assim – Lucas falou se calando logo em seguida.

O exercício continuou por mais alguns minutos, até que todos os feridos tivessem recebido o socorro correto para cada situação. O instrutor os parabenizou pelo excelente trabalho em equipe e lhes permitiu lavar as partes do corpo que haviam sido sujas com sangue falso.

Lucas pediu ajuda de Hélio para poder limpar o sangue que havia escorrido da sua boca em direção à costa. Hélio se aproximou com uma garrafa de água e gentilmente começou a esfregar a região com o dedo úmido para tirar as manchas.

– Não vai sair completamente – Hélio falou próximo do ouvido de Lucas.

– Tudo bem – Lucas respondeu calmo.

Hélio continuou a fazer os movimentos circulares na região, intercalando com pequenas quantidades de água. Lucas fechou os olhos com a sensação de ter os dedos de Hélio massageando a sua pele, era realmente muito bom, mais do que ele gostaria de admitir para si mesmo. Ele sentiu a respiração de Hélio cada vez mais quente em seu pescoço, eles estavam muito próximos. Podia sentir sobre suas costas o tecido da camisa de Hélio e se assustou quando notou estar excitado com toda essa situação.

– Acho que está bom. Obrigado – Lucas falou tentando esconder o volume em sua calça.

– Tudo bem – Hélio disse guardando a água – Mais tarde eu cobro pela massagem.

– Sou pobre – Lucas falou rindo.

– Tem outras formas de se pagar – Hélio disse atraindo a atenção de Lucas que o encarou perplexo – Por que sempre pensa malícia das coisas?

– Por que sempre faz tudo parecer malicioso? – Lucas perguntou rindo.

– É engraçado te ver ficar vermelho por causa da vergonha – Hélio disse retornando para onde estava o grupo acompanhado de Lucas.

Lucas não estava conseguindo controlar seus próprios sentimentos por Hélio, ele sabia que alguma coisa no outro o atraia demasiadamente, por mais que não quisesse admitir, sabia que tinha desejos e os seus pensamentos estavam começando a ganhar vida. Porém não queria criar vínculos fortes demais, principalmente considerando que, depois do treinamento, nunca mais se veriam novamente.

– Vamos começar a nossa última aula prática, escolham uma dupla – Gabriel mandou e na mesma hora Hélio passou o braço sobre o ombro de Lucas o puxando para o seu lado.

– Você vai ser a minha dupla em tudo hoje – Hélio disse rindo.

– Não tenho problemas com isso – Lucas falou com uma voz mansa próximo ao ouvido de Hélio – Aliás, posso fazer qualquer coisa com você.

– Está muito ousado, não é? – Hélio falou tirando uma risada de Lucas.

– Nesse exercício todos irão participar e fazer todas as etapas – o instrutor falou – Uma pessoa da dupla pode deitar no chão e a outra pode se ajoelhar ao lado.

– Eu deito agora, você já ficou deitado no último exercício – Hélio disse se deitando e Lucas se ajoelhou ao seu lado.

– Vocês irão fazer a ressuscitação cardiopulmonar – Lucas sentiu seu corpo gelar, ele olhou para as pessoas a sua volta e suspirou aliviado quando viu que não era o único em um par com alguém do mesmo sexo.

– Vamos fazer a respiração boca a boca? – perguntou uma moça que tinha como par outra mulher.

– Sim – Gabriel falou – Eu sei o que vocês estão pensando, porém isso é um treinamento, vocês não vão olhar para o gênero de uma pessoa quando for salvar a vida dela. Alguém sabe como é o procedimento?

– 30 compressões para 2 ventilações – respondeu um rapaz.

– Exatamente. Então posicionem suas mãos dessa maneira no centro do tórax do seu parceiro – Gabriel disse mostrando a todos a posição das mãos – Vocês devem fazer as 30 compressões e depois as ventilações. Para executar a ventilação, o queixo da pessoa deve estar levemente elevado e a testa inclinada para trás, isso ajuda a liberar as vias respiratórias.

Lucas posicionou sua mão sobre o peito de Hélio e fitou o olhar sério que estava recebendo. Ele sabia que era apenas um exercício, porém uma parte dele se sentia eufórico com o que estava prestes a fazer. Estava nervoso e sentiu os próprios músculos tensos.

– Podem começar, 30 compressões – Gabriel ordenou e Lucas começou a fazer os movimentos com cuidado – Façam com calma ou podem acabar machucando seu parceiro. Completou trinta, façam duas ventilações.

Lucas continuou fazendo os movimentos, tentando não perder a contagem das compressões por causa do nervosismo. Assim que completou as trintas, ele levantou o queixo de Hélio lentamente e o notou fechar os olhos. Ele se aproximou com cautela e antes que pudesse pensar muito ele selou os seus lábios aos lábios de Hélio liberando o ar. Fez uma, duas e se forçou a se afastar, pois o desejo de mudar o movimento era grande.

Lucas se sentou sobre o chão e notou que estava suado. Foi apenas um toque mínimo, entretanto foi o suficiente para as milhares de terminações nervosas de seus lábios explodiram com a sensação. Ele precisava de mais.

Gabriel ordenou que as duplas trocassem de posição. Lucas deitou e notou Hélio o encarar sério enquanto se ajoelhava ao seu lado. Um arrepio percorreu seu corpo quando Hélio posicionou as mãos sobre seu peito. Gentilmente ele começou a massagem e Lucas acompanhou em uma contagem regressiva ansiado chegar a zero.

Hélio terminou as compressões e tocou o queixo de Lucas o elevando. Lucas fechou os olhos na tentativa de aproveitar mais uma vez as rápidas sensações que seu corpo ansiava e então sentiu os lábios úmidos de Hélio se chocarem contra os seus duas vezes enchendo sua boca com um ar adocicado.

Lucas se sentou no chão ao lado de Hélio e ficou um longo tempo o encarando, ele percorria seu olhar por toda a extensão daquele rosto, pelos olhos caramelos, pela pele macia e pelos lábios delineados. Ele ansiava mais daquela boca e já não podia esconder isso de si mesmo.

– Você tem gosto de hortelã – falou Lucas quase como que um sussurro.

Hélio o olhou sem emitir qualquer sinal de emoção, respirou profundamente, se levantou e foi em direção ao outro lado da vala.

Lucas simplesmente não conseguia descrever o sentimento agonizante que brotou em seu peito e por uma leve fração de segundos ele entendeu como era sentir hipóxia.

– Quero agradecer a presença de vocês e desejar um futuro brilhante a todos – Gabriel falou – Espero poder encontra-los um dia dentro de um avião. Meu conselho é que não desistam de seus sonhos. Parabéns a todas as equipes que executaram os exercícios com muito empenho. Agora, vocês podem seguir aquele caminho em direção ao próximo instrutor. Até mais pessoal.

Uma salva de palmas foi oferecida à Gabriel, entretanto, Lucas não conseguia desviar o olhar de Hélio, incapaz de compreender o que havia acabado de acontecer. O barulho das palmas sumiu em meio aos seus pensamentos confusos.

Uma a uma as equipes começaram a caminhar na direção do novo instrutor. Lucas entrou na fila e Hélio atrás de si. Ele odiava se sentir confuso, por isso não se sentia à vontade quando era tomado por sentimentos incertos, mesmo sentindo a raiva surgir ele necessitava de uma resposta.

Eles caminharam por um tempo através de uma passagem estreita demarcada entre as árvores. Lucas estava cada vez mais incomodado e foi incapaz de continuar calado, ele parou bruscamente fazendo Hélio colidir contra suas costas e virou-se encarando os olhos assustados de Hélio.

– Por que parou? – perguntou Hélio sério.

– Por que está agindo assim? – perguntou Lucas.

– A gente vai chegar atrasado – Hélio falou e Lucas olhou a fila cada vez mais distante, porém ele não se importava, na verdade, até preferia estar sozinho com Hélio nesse momento.

– A gente continua quando você me explicar o que aconteceu – Lucas disse irredutível – Por que ficou estranho?

– Não aconteceu nada – Hélio falou respirando fundo e evitando os olhos de Lucas.

– Mentira – Lucas disse – Foi por que eu te beijei?

– Não foi um beijo – exclamou Hélio – Foi apenas ventilações.

– Por que está mentindo para si mesmo? – perguntou Lucas atraindo a atenção de Hélio – Eu sei que sentiu o mesmo que eu.

– Não sei do que você está falando – Hélio disse se afastando.

– Sabe sim – Lucas disse indo lentamente na direção de Hélio – Durante o exercício de expedição, quando me pediu para descobrir o que estava sentindo, eu menti ao dizer que não havia conseguido ler suas reações. Eu consegui!

– Aquilo foi apenas uma brincadeira, não estava falando sério – Hélio disse.

– Sabe porque não falei a verdade? Porque todos os sinais indicam que você está sentindo o mesmo que eu e não vou mentir dizendo que isso não me assusta, porque assusta – Lucas disse desabafando todos os pensamentos que o estavam incomodando havia horas.

– Sentindo o que? Do que está falando? – Hélio falou sem conseguir esconder o nervosismo.

– Você sente isso, tanto quanto eu – Lucas disse cada vez mais próximo – E eu sei que você sentiu o mesmo desejo que eu quando nossos lábios se tocaram.

– Já disse que aquilo não foi um beijo! – Hélio exclamou.

Lucas o encarou sério, tentando decifrar o motivo da negação. Hélio arregalou os olhos quando notou a árvore atrás de si, não tinha para onde escapar, Lucas o havia encurralado.

– Então me deixe lhe mostrar tudo o que eu senti – Lucas falou próximo do ouvido de Hélio.

– Lucas... Eu... – Hélio tentou falar, porém perdeu a voz quando os lábios de Lucas tocaram suavemente o lóbulo da sua orelha.

Lucas colocou sua mão sobre a cintura de Hélio pressionando-o levemente contra a árvore. Com a outra mão ele delineou delicadamente um carinho sobre o pescoço de Hélio que estava cada vez mais ofegante. Com os lábios ele sugou o lóbulo de Hélio, desceu suavemente pela pele macia depositando beijos pelo pescoço do outro até finalmente alcançar sua boca. Seus lábios roçaram levemente a boca de Hélio e Lucas pode sentir mais uma vez o sabor de hortelã, ele não tinha se enganado, estava ali e ele pretendia desfrutar ao máximo desse sabor. Suas bocas começaram a dançar juntas seguindo a melodia da floresta ao seu redor. Lucas sentia todos os seus sentidos explodirem em êxtase.

O beijo continuou cada vez mais intenso, não existia disputa pelo domínio, Lucas comandava e Hélio retribuía fazendo o encaixe das bocas serem perfeitos. Lucas pediu passagem e entrelaçou suas línguas tornando o beijo cada vez mais ardente. Ele aproximou mais os seu corpo ao de Hélio, porém sentiu a mão dele forçar seu peito interrompendo o contato entre os dois. Hélio respirou com fadiga enquanto observava Lucas com um olhar indecifrável.

– Você não entende – Hélio disse em meio a respiração ofegante – Eu simplesmente não posso.

Hélio fechou os olhos respirando profundamente. Lucas continuava sem entender, não restava dúvidas que a conexão que existia entre eles era intensa, porém não entendia o que tinha de errado. Hélio o encarou por um tempo e com uma expressão de tristeza o deixou ali, estático, enquanto ia em direção à fila que já estava longe e fora de vista.

CAPÍTULO 9
FREQUÊNCIA S.O.S

Lucas continuou anestesiado, sentindo-se confuso e com uma frustração crescente dentro de si. Ele correu para alcançar a fila, ambos continuavam calados, não era o que Lucas desejava, ele queria falar, porém não sabia o que dizer. As lembranças do beijo continuavam voltando a sua cabeça, a intensidade do toque, a textura dos lábios e a recusa de Hélio. *"O que ele quis dizer com simplesmente não pode?"* pensou Lucas.

Os grupos chegaram a uma nova clareira e o cheiro de fumaça invadiu as narinas de Lucas. O espaço era grande, várias lonas estavam espalhadas pelo chão, no centro, uma pilha de brasas queimando, ao lado, o novo instrutor afiava um canivete.

– Bem-vindos – falou o instrutor guardando o canivete e exibindo um sorriso torto – Eu sou Bruno, instrutor de sobrevivência em ambientes extremos. Se reúnam a minha volta.

As pessoas formaram uma meia lua para prestar atenção em Bruno. Lucas se posicionou em um canto, se sentou como os outros estavam fazendo e notou Hélio caminhar até o outro lado se sentando distante dele, o que lhe causou uma forte sensação de desconforto.

– Muito bom. Quem aqui está com fome? – Bruno perguntou encarando a todos. Lucas sentiu seu estômago doer assim que ouviu a pergunta – Pela posição do sol, já deve ser quase uma hora da tarde.

– Já? – questionou um rapaz surpreso.

– Sim – Bruno falou – Bom, eu soube que foram vocês as equipes responsáveis por caçar os frangos que vamos comer hoje.

– Vamos cozinhar eles aqui? – perguntou uma moça surpresa.

– Sim – Bruno respondeu – Mas antes de fazermos isso, vamos conversar um pouco. Alguém pode me dizer os procedimentos padrão em caso de acidente?

– Se afastar do local – falou uma moça.

– Procurar abrigo? – perguntou um rapaz.

– Fazer fogo – disse outro rapaz.

– Certo, todos estão certos, mas existem algumas prioridades que devem ser consideradas – Bruno falou – E isso vai depender de vários fatores. O correto seria se afastar do local da queda, prestar socorro aos feridos, ascender uma fogueira, procurar abrigo e encontrar água e alimento. Mas essa sequência de ações deve ser seguida à risca?

– Não – falou uma moça.

– Por que? – perguntou Bruno sem obter resposta – Tudo o que vocês aprendem são teorias, uma situação real pode exigir improvisações. Por exemplo, um avião cai em uma floresta mais ou menos às quatorze horas. Quais seriam os procedimentos?

– Salvar as pessoas? – questionou uma moça.

– Sim, depois de se afastar da aeronave por causa do risco de explosão vocês começam a prestar socorros, isso levaria um bom tempo – Bruno falou – O que fariam em seguida?

– Ascender fogo? – perguntou outro rapaz.

– Seria bom, porém, não se esqueça que na selva começa a escurecer por volta das dezesseis horas, não seria melhor improvisar ou achar um abrigou primeiro? – questionou Bruno – No caso de prestar primeiros socorros, imaginem o seguinte, o avião caiu e vocês estão saindo dele, tem o risco de explosão e no caminho vocês encontram um passageiro vivo, porém desacordado. O que devem fazer?

– Tirar ele dali e o levar para longe do risco de explosão – falou um rapaz.

– Sim, mas e se você pesa, digamos setenta quilos e esse passageiro pesa uns cento e quarenta quilos – Bruno disse – O que você faz?

– Ainda tento tirar ele de lá – respondeu o rapaz.

– É um gesto muito lindo, mas que provavelmente vai te matar – Bruno disse sério – Lembrem-se do que eu vou falar, ninguém no avião é mais importante do que vocês, devem priorizar a sua vida em primeiro lugar, mesmo que isso possa custar a vida de outro – Lucas notou o olhar de espanto das pessoas – Pode soar frio o que vou falar aqui, mas vocês são os únicos com conhecimento e treinamento para sobreviver em situações como essas. A chance de os sobreviventes aguentarem mais tempo vivos depende de vocês estarem vivos ou não.

– Então devemos deixar a pessoa morrer? – perguntou uma moça.

– É triste, porém é a realidade. Você não conseguiria retirá-la dos escombros sem ajuda e provavelmente morreria na explosão – Bruno disse sério – Podemos usar outro exemplo, imaginem que uma cabine se despressuriza, o que deve ser feito?

– Colocar a máscara de oxigênio – respondeu um rapaz.

– Em vocês ou nos passageiros? – perguntou Bruno.

– Em nós? – questionou uma moça.

– Devem colocar a máscara em vocês primeiro para depois pensar em ajudar os passageiros, porque do contrário, irão perder a consciência e não conseguirão ajudar os passageiros. Entendem? – falou Bruno explicando a situação – Nossa moral construída com base em consumo de mídias e observação de terceiros nos faz pensar que nessas situações devemos bancar o herói, no entanto, na selva a única coisa que te manterá vivo é o instinto animal de sobreviver.

Lucas sabia que tudo o que o instrutor estava falando era importante, ele tentou se concentrar diversas vezes no que estava sendo ensinado, porém sua atenção constantemente se desviava para Hélio que até o momento ainda não havia lhe direcionado um olhar sequer.

– Hoje vocês vão comer carne de frango, mas em uma situação real nunca se sabe o que irão ter para comer e acreditem, quando se está a muito tempo sem se alimentar você é capas de comer qualquer coisa, seja cobra, lagartos ou até mesmo ratos – Bruno falou arrancando uma careta de nojo de todos – Alguém aqui quer se voluntariar para matar as galinhas?

– É sério? – perguntou uma moça.

– Sim, não tem como comê-las vivas – Bruno disse rindo – Mas eu sei que muitos tem estômago frágil, então por isso quero voluntários.

Cinco meninos e uma menina se voluntariaram, eles se levantaram e foram até as três galinhas amarradas em uma vara. Lucas os observou se afastarem até mais para dentro do mato, notou o instrutor conversando com eles e em seguida vislumbrou de longe o líquido vermelho pingando.

– Dá para acreditar? Eles mataram as galinhas mesmo – uma moça falou em choque – Eu não vou comer isso, primeiro que sou vegana, segundo que eu estou traumatizada.

– Você é vegana? Minha filha também é! – Bruno questionou retornando e surpreendendo a menina – Os veganos não precisam comer, na verdade, ninguém será obrigado a comer, porém é importante se lembrarem que em uma situação real vocês não tem escolha, devem comer por sobrevivência.

Lucas observou as pessoas voltarem com as galinhas mortas e ensanguentadas. Ele não se incomodava em ver isso, crescer no interior frequentando o sítio dos avós o fez presenciar essa cena diversas vezes com diferentes tipos de animais. Ele desviou seu olhar em direção a Hélio e o flagrou lhe observando. Ambos permaneceram alguns segundos se olhando perdidos em seu próprio mundo, até Hélio desviar o olhar mais uma vez.

Bruno começou a mostrar como depenar as galinhas usando a água quente, as pessoas começaram a se levantar e se aproximarem do instrutor cada vez mais curiosas com o processo, muitos ali recebiam a carne já picada diretamente do açougue, para eles era algo completamente novo.

Lucas continuou parado e se reclinou sobre uma das árvores, pensativo e levemente desmotivado, para ele não fazia diferença em como a galinha seria picada e cozida, não lhe importava. Tudo o que queria era estar com a única pessoa naquele lugar que insistia em ignorá-lo.

A aula transcorreu normalmente, as galinhas haviam sido picadas e já estavam cozinhando sem tempero, Lucas sentiu ânsia só de imaginar o gosto que aquilo teria, entretanto o instrutor insistiu que não deveriam salgar a carne, pois na selva não teria sal.

Enquanto o frango cozinhava, Bruno chamou a todos para dar instruções teóricas e práticas de como construir abrigos improvisados. Assim que terminou de cozinhar, o instrutor lhes ofereceu uma folha de bananeira limpa para que pudessem se servir de uma pequena porção do alimento. Lucas olhou receoso para o pedaço branco de carne em sua mão, respirou e colocou sobre a boca. Sentiu aquilo crescendo dentro da sua boca e quase cuspiu fora. A reação das outras pessoas não foi muito diferente da sua, ele olhou para Hélio que literalmente engoliu a carne e correu para beber água. Não pode deixar de rir com o desespero do outro.

A fome que eles estavam sentindo passou e nem foi por causa de terem comido um pedaço minúsculo de carne, mas sim por medo de terem que comer qualquer outra coisa parecida com aquilo novamente.

Bruno continuou falando sobre técnicas de sobrevivência em diferentes tipos de biomas. Ele chamou a todos no centro, dividiu as pessoas em cinco grupos e ordenou que ascendessem uma fogueira cada. Ele forneceu o isqueiro, o que facilitou muito o trabalho de todos. Lucas teve esperança que Hélio aparecesse ao seu lado dizendo que queria fazer parte do seu grupo, no entanto não aconteceu e com desapontamento ele observou Hélio em outro grupo.

– Bom trabalho a todos os grupos, foi um grande prazer estar aqui ensinando vocês hoje – Bruno disse assim que todos os exercícios haviam sido completados – Nunca se esqueçam do que aprenderam, pois pode salvar a vida de vocês. Agora vou dar um tempo para irem ao banheiro antes de retornarem ao quartel para fazer a parte de combate ao fogo. Primeiro os meninos, vão lá naquele canto.

Lucas se levantou, ele não estava com vontade de urinar, porém não queria ficar ali e também não sabia quando teria outra oportunidade para se aliviar. Ele adentrou a mata com um certo desânimo e sem se preocupar com quem o estaria observando, escolheu um lugar e começou a fazer sua necessidade. Assim que terminou de urinar, ele se virou e deu de cara com Hélio parado o encarando, o que acabou o assustando.

– Meu Deus – Lucas exclamou se recompondo.

– Desculpa, não falei nada por que não queria te assustar como na primeira vez – falou Hélio coçando a cabeça e exibindo um leve sorriso no canto dos lábios.

– O que você quer? – perguntou Lucas. Não que ele não estivesse contente de ter Hélio falando com ele, entretanto estava receoso depois de ter sido ignorado várias vezes.

– Pedir desculpas – Hélio falou suspirando – Eu fui meio babaca.

– Está tudo bem – Lucas disse se sentindo mais calmo – Só não entendi porque estava agindo daquela maneira e mentindo para si mesmo.

– Tem uma explicação – Hélio disse relaxando os ombros.

– Por que me ignorou? O que quis dizer com *"eu simplesmente não posso"*? – Lucas perguntou sério.

– Eu... – Hélio falou receoso enquanto encarava o olhar de Lucas – Eu namoro Lucas.

Lucas sentiu seu coração palpitar mais forte e o sangue em seu corpo correr violentamente. Ele não esperava receber essa resposta e não gostou da sensação que ela lhe proporcionou. Foi como um balde de água fria e por um momento ele odiou estar ali.

– Desculpa. Eu... Eu... – Lucas falou sem conseguir explicar o que de fato estava sentindo – Eu acabei te forçando lá, não sabia que você namorava.

– Está tudo bem – Hélio disse – Em parte é minha culpa também. Estou sem a aliança, um observador como você com certeza perceberia se eu usasse uma, então em parte é minha culpa.

– Eu não sei o que falar – Lucas confessou sentindo um gosto amargo em sua boca.

– Bom, não diga nada – Hélio disse – Só vamos voltar a conversar como antes. Os últimos exercícios foram incrivelmente chatos sem você ao meu lado.

– Eu concordo com isso – Lucas falou rindo.

– Podemos continuar amigos? – Hélio perguntou e Lucas concordou com a cabeça.

Eles voltaram para a clareira e aguardaram as meninas irem fazer suas necessidades. Bruno se despediu dos grupos e eles começaram a descer em direção ao quartel. Lucas não podia negar que estava se sentindo incomodado com a revelação de Hélio, porém estava muito mais feliz pelo fato de terem voltado a conversar, era como se não importasse os problemas, ele só queria poder falar com Hélio, rir e estar com ele.

A descida para fora da mata foi muito mais fácil de fazer, o solo já não estava tão úmido como de manhã e logo eles avistaram o quartel surgindo entre as árvores. As equipes começaram a se reunir no pátio do quartel e se sentar no chão aguardando o próximo instrutor aparecer. Hélio se sentou ao lado de Lucas e o encarou por um tempo.

– Você não estava errado! Eu realmente sinto algo por você – Hélio sussurrou e Lucas sentiu seu coração acelerar – Algo que eu nunca senti, não sei explicar o que é e isso me assusta por que eu te conheço a apenas algumas horas.

– Isso também me assusta – Lucas confessou – Mas nunca experimentei o que eu senti quando te beijei.

– Eu também – Hélio disse rindo, porém logo seu olhar se desviou para o chão aos seus pés – Mas eu estou em uma relação monogâmica, tenho uma responsabilidade com outra pessoa e não posso fazer isso.

– Eu entendo – Lucas disse com o tom de voz mais baixo. Ele de fato entendia e não queria ser responsável pelo fim de um relacionamento – Não quero que pense que eu estou tentando te forçar a fazer algo.

– Eu sei que não está – Hélio disse – Para falar a verdade, meu relacionamento não está bem e antes de vir para o treinamento eu já tinha cogitado terminar isso várias vezes.

– E por que não termina? – Lucas perguntou.

– Não é tão simples. Estamos juntos há três anos – Hélio respondeu – Mas sabe quando vocês simplesmente já não se acertam mais? É apenas briga e discussão. Não temos mais a mesma química.

– Eu sei como é isso – Lucas falou sério – Meu primeiro relacionamento acabou assim.

– Então, eu pretendo terminar com ele quando voltar – Hélio disse – Prometi para mim mesmo que eu não iria entrar em outro relacionamento tão cedo, quero focar no meu sonho de trabalhar no céu.

– Vai sacrificar sua vida amorosa para isso? – Lucas perguntou sentindo um desapontamento surgir dentro de si.

– Não é isso, sabe por que eu levei tantos anos para fazer o curso de comissário? – perguntou Hélio e Lucas negou com a cabeça – Por que ele não me deixava fazer, dizia que não podíamos ter um relacionamento comigo viajando para tudo quanto é lado.

– Sinto muito por isso – Lucas disse triste, ele sabia o quanto Hélio queria estar no céu, era o seu sonho desde criança, não deveria ser privado disso.

– Não é sua culpa – Hélio disse o encarando – Nosso relacionamento começou a ficar frio, foi então que eu decidi não ser controlado e fazer o curso, mas tudo piorou, nos últimos meses minha vida foi um inferno e eu não tinha coragem de romper.

– Temos o costume de nos agarrarmos a algo mesmo que nos machuque – Lucas disse.

– Isso é verdade – Hélio falou – Foi então que eu decidi acabar com ele assim que terminasse o treinamento. Quero começar a minha vida como comissário sem focar em coisas que possam me privar do meu sonho novamente.

– Eu entendo isso – Lucas falou acariciando involuntariamente o ombro de Hélio que o olhou agradecido – Você será um comissário brilhante.

– Obrigado – Hélio agradeceu.

– Boa tarde a todos – falou o novo instrutor aparecendo enquanto conduzia uma mesa sobre rodas cheia de equipamentos – Meu nome é Ricardo, eu sou o instrutor de combate ao fogo, já trabalhei como comissário de voo e hoje eu leciono na escola para os futuros comissários. Estão animados para apagar o fogo hoje e entrar na água logo em seguida?

– Alguns fogos não podem ser apagados – Hélio disse baixo apenas para que Lucas ouvisse – O seu é um deles.

– Principalmente você sendo o combustível – Lucas disse sem querer e notou a expressão surpresa de Hélio – Desculpa, saiu sem pensar.

– Tudo bem – Hélio disse rindo.

– Alguém sabe que objetos são esses sobre a mesa? – perguntou Ricardo – Não? Então tudo bem! Eu tenho aqui todos os objetos que tem dentro dos aviões, isso mesmo, todos eles para vocês poderem ver como é e como eles funcionam. Temos aqui o extintor, capuz C.A.F, cilindro de oxigênio de 311 litros, rádio beacon... Aliás, alguém pode me dizer como funciona o rádio beacon?

– Tem que colocar em uma superfície com água, assim que tocar a água ele começa a emitir sinal – respondeu uma moça.

– Muito bem. O rádio começa a transmitir em cinco segundos quando em contato com a água salgada e em cinco minutos se for água doce – Ricardo explicou – Alguém pode me dizer quais são as frequências de emergência?

– 122.750 MHz – respondeu um rapaz.

– Essa é a frequência padrão de comunicação geral na aviação – Ricardo falou – Qual a frequência de emergência?

– 121.5 MHz – Hélio respondeu atraindo o olhar de Lucas para si – 121.5 MHz é a frequência de quem necessita ser salvo.

CAPÍTULO 10

SUBMERSO

Ricardo entregou o rádio beacon para que cada pessoa pudesse observar em suas próprias mãos e repetiu o mesmo com os outros objetos que estavam sobre a mesa. Lucas pegou o rádio, analisou o objeto que apesar de não ser tão grande era bastante pesado e não pode deixar de lembrar da resposta de Hélio para Ricardo.

Lucas entregou o rádio para Hélio e começou a fita-lo enquanto o outro analisava cada detalhe do objeto. Ele não pode deixar de sorrir com a serenidade no olhar de Hélio, isso lhe trazia calma e ele simplesmente não conseguia explicar do porquê gostava tanto dessa sensação, só sabia que não queria perdê-la.

– Você deveria prestar atenção no instrutor e não em mim – Hélio falou calmo levantando os olhos para encara-lo.

– Tudo o que ele está falando eu já sei – Lucas disse rindo – Mas eu ainda tenho muito que aprender sobre você.

– Resolveu me estudar agora? Me tornei parte do curso? – Hélio perguntou.

– Não sei, talvez, já que você faz com que eu me sinta nas nuvens – Lucas respondeu olhando para a imensidão dos olhos de Hélio – Quero aprender tudo sobre você.

– Lucas – Hélio chamou se aproximando – Não deveria fazer isso.

– Não, eu não deveria! – Lucas exclamou – Mas não vou me desculpar por isso.

– Não quero que se machuque – Hélio falou sério.

– Está preocupado comigo? – Lucas perguntou exibindo um sorriso.

– Você entendeu o que eu quis dizer – Hélio falou – Não podemos ficar juntos.

– Não estou pedindo para ficar comigo e nem que me retribua – Lucas disse mais próximo de Hélio – Mas não posso negar o que eu sinto e nem vou esconder isso.

– Você está fazendo um jogo muito perigoso – Hélio disse tocando o queixo de Lucas e exibindo um sorriso torto – Não diga não te avisei.

– Eu sou um ótimo jogador – Lucas falou retribuindo o sorriso – Além do que, não estou fazendo nada demais.

– Não? – Lucas questionou – Sou eu então?

– Você me deixa assim, então sim, é sua culpa – Lucas respondeu rindo da expressão de revolta de Hélio – Agora falando sério, eu sei que vamos nos afastar quando tudo isso acabar e não estou pedindo para que me retribua, mas te peço que não me censure.

– Tudo bem – Hélio falou concordando com a cabeça – Não vou te impedir, só não se esqueça que o limite da nossa história é o anoitecer de hoje.

– Não vou me esquecer – Lucas falou sentindo uma pontada em seu peito.

Por mais que não quisesse admitir para si mesmo, tudo acabaria hoje. Lucas queria dizer que estava pronto para isso, porém quanto mais o sol continuava seu caminho rumo ao oeste se escondendo atrás das árvores, mais Lucas sentia como se estivesse prestes a perder algo muito importante, por que em partes ele realmente estava.

Lucas nunca pensou ser possível amar alguém em menos de vinte e quatro horas, para ele, o amor era gradual, um sentimento que se conquista com o tempo através da convivência e do respeito.

"Pode ser apenas paixão" pensou Lucas, mas no fundo ele sabia que não era somente isso. Paixão é o desejo intenso de ter alguém ao seu lado e ele com certeza tinha esse desejo, porém era algo mais que isso, era algo que ultrapassava o seu desejo carnal, tinha a necessidade de ser e ver o outro feliz independentemente de estar com ele.

Lucas sempre compreendeu o amor como a capacidade de ser feliz com a felicidade do outro, independente se esta pessoa estava ao seu lado ou não. Ele queria isso para Hélio, queria vê-lo feliz sendo capaz de colocar um ponto final no relacionamento ruim e seguir seu sonho trabalhando com o que ama. Somente a ideia de ver Hélio alcançando tudo o que almejava já fazia seu coração palpitar de felicidade.

Ele estava disposto a sacrificar seu desejo de estar ao lado de Hélio para vê-lo conquistar os céus e isso sem dúvidas era amor, porém jamais falaria isso em voz alta, ele não podia, pois apenas a menção das palavras *"eu te amo"*, poderia prejudicar Hélio em sua busca pelo seu sonho, então ele guardaria tudo o que estava sentindo no seu interior.

— Muito bem, vocês puderam compreender como esses pequenos itens são extremamente necessários dentro de um avião — Ricardo falou chamando a atenção de todos — Se aproximem mais aqui do centro e vamos observar como funciona um bote salva-vidas inflado.

Os alunos se levantaram de onde estavam sentados e caminharam na direção de Ricardo que, com a ajuda de outras pessoas, retirou a lona que cobria o bote. Ele ajeitou as coisas dentro do bote e esperou todos se organizarem em semicírculo.

— Os botes salva-vidas têm essa corda ao seu redor. Alguém sabe para o que serve? — perguntou Ricardo.

— Para ajudar a subir nele? — questionou uma moça.

– Não. Essas cordas são para as pessoas poderem se segurar – Ricardo falou – Os botes suportam no máximo quinze pessoas, se houver mais sobreviventes é necessário fazer revezamento. A cada 1 hora aqueles que estão dentro do bote devem sair e os que estão fora devem entrar.

– Não tem o risco de morrer com hipotermia? – perguntou um rapaz.

– Isso depende das condições, porém se a aeronave cair em um local com muitas frentes frias então provavelmente sim – Ricardo respondeu – No caso de queda no mar é importante não beber água salgada, não importa o quão grande seja sua sede. O sal irá ressecar e desidratar o seu corpo, te deixando com ainda mais sede e você pode acabar morrendo por ingerir muita água salgada.

– Como fazemos então? – perguntou Hélio.

– Devem regrar a água doce dentro do bote e captar a água da chuva – Ricardo falou – Lembrem-se que são vocês que devem manter o controle e assumir o comando, nesses momentos algumas pessoas podem querer assumir o comando por causa do desespero e é natural para quem possui instinto de liderança, vocês não devem permitir, nem que tenham que mostrar a força. Isso acontece por que dezenas de pessoas vão estar esfomeadas e sedentas. Humanos nesse estado não são diferentes de qualquer outro animal.

– E se durante uma evacuação, alguém que, por exemplo tem medo de água, não quiser pular, o que devemos fazer? – Lucas perguntou.

– Empurrem ela ou joguem-na para fora do avião – Ricardo disse sério – Nesse momento não existe tempo para diálogo, é tudo ou nada, assim que você tiver certeza que a pessoa está com colete jogue-a para fora do avião. É importante se lembrarem disso. Alguma dúvida? – Ricardo perguntou, mas não obteve respostas – Se ninguém mais tem dúvidas vamos começar o combate ao fogo, podem voltar a se sentar.

As pessoas voltaram para os lugares onde estavam antes. Lucas se acomodou e observou Hélio se aproximar, em seguida deitar levemente a cabeça sobre seu ombro, o que o fez ficar surpreso.

– Está tudo bem? – perguntou Lucas.

– Estou cansado, com fome e com sono – Hélio disse com a voz baixa encarando Lucas diretamente nos olhos.

– Eu estou cansado também, mas não com fome, não depois daquele frango – Lucas disse e riu da expressão de nojo de Hélio.

– Pensando bem, minha fome passou – Hélio disse e Lucas riu.

– Desculpa perguntar, mas vocês são namorados? – perguntou Márcia os olhando. Hélio se desencostou de Lucas e se sentou em uma posição ereta.

– Não – Hélio respondeu nervoso – Apenas amigos.

– Ah entendi, percebi que são muito próximos – Márcia disse rindo – Vocês seriam um casal muito fofo.

– Ah... Obrigado? – Lucas falou tímido.

– São amigos a muito tempo? – perguntou Márcia com um tom de voz calmo.

– Pelas minhas contas há mais ou menos dez horas – Lucas disse rindo e Márcia não conseguiu esconder a surpresa.

– Se conheceram hoje? – perguntou ela e ambos confirmaram com a cabeça – Nossa, olhando vocês, parecia até que já se conheciam de outra vida.

– Talvez, nunca se sabe – Lucas disse encarando Hélio – Mas nos conhecemos hoje.

– Isso é muito legal – Márcia falou – Ficar íntimo de alguém assim ajuda no tédio, não é?

– Sim – respondeu Hélio.

– Eu estou entediada desde que começamos – Márcia disse – Mal vejo a hora de terminar.

– Eu também, mas acho que agora não vai demorar muito – Lucas falou – Falta o combate ao fogo e depois sobrevivência no mar.

– Essa parte estou morrendo de medo – Márcia disse – Eu tenho medo de água, me afoguei quando era criança.

– Eu também tenho medo de água – Lucas falou atraindo o olhar de Hélio – Mas não chega a ser um pavor e bom... temos o instrutor lá e mais os coletes, não vai acontecer nada de ruim.

– Eu estou me agarrando a isso para criar coragem – Márcia disse com um certo desânimo em sua voz.

Eles observaram Ricardo retirar a mesa com os equipamentos para longe dali e junto com seus auxiliares, Ricardo removeu uma lona revelando centenas de extintores escondidos. Um dos ajudantes pegou um galão e começou a despejar o líquido no fosso que estava no centro do pátio.

– Eu vou chamar uma equipe por vez, vocês irão utilizar o extintor de dióxido de carbono para apagar o fogo que vamos colocar no querosene – Ricardo falou – Alguém sabe me explicar qual tipo de fogo é esse?

– Tipo B? – questionou uma moça.

– Isso mesmo – falou Ricardo – Quais são os tipos de fogo?

– Tipo A é materiais sólidos, B é líquidos inflamáveis, C é equipamentos elétricos e o D é metais pirofóricos – Hélio disse deixando Lucas surpreso – Também existe o tipo K que é para óleo de cozinha.

– Muito bem, está correto – Ricardo falou – E quais são extintores indicados?

– Pó químico para tipo B e C, dióxido de carbono para tipo C e B, água para tipo A, espuma mecânica para tipo A, cloreto de sódio para tipo D e por fim acetato de potássio para tipo K – Hélio respondeu sério.

– Muito bem, está totalmente correto – Ricardo disse com um sorriso.

– Mas é muito inteligente mesmo – Lucas falou elogiando Hélio.

– Eu decorei a apostila de combate ao fogo – Hélio disse rindo.

– Muito bem, a primeira equipe pode vir, as outras prestem atenção para não fazer errado, pois isso é muito sério – Ricardo ordenou.

O primeiro grupo se levantou e foi na direção do fosso e cada um deles recebeu um extintor. Ricardo os organizou em formato meia lua os deixando prontos para que quando recebessem o sinal verde pudessem avançar sobre as chamas.

– Tomem cuidado. Os que estão na ponta devem fazer o fogo recuar para o meio do fosso, os que estão no meio devem abafa-lo até extingui-lo – Ricardo disse – Se o fogo não for apagado ele pode voltar ainda maior e mais perigoso. Ao meu sinal vocês podem ir.

Um dos ajudantes de Ricardo se aproximou colocando fogo no fosso, em alguns segundos uma coluna de quase um metro de chamas se ergueu. Ricardo gritou dando o sinal e o grupo começou a se aproximar com os extintores fazendo o fogo ir se extinguindo.

– Ótimo – Ricardo falou quando percebeu que não havia mais nenhuma chance de as chamas retornarem – Próximo grupo venha aqui.

Lucas e seu grupo se levantaram e caminharam até onde o instrutor estava. Lucas se posicionou no canto e Hélio ao seu lado, ele podia notar a ansiedade de Hélio e percebeu o quanto estava ansioso para isso também. Os ajudantes de Ricardo deram um extintor para cada um e Lucas já tirou a trava de segurança.

– Vocês farão a mesma coisa, ao meu sinal as pessoas do canto devem fazer o fogo recuar para o meio do fosso e as pessoas no meio devem extingui-lo – Ricardo disse sério – Entendido?

Todos concordaram, um dos auxiliares se aproximou jogando o líquido sobre o fosso e ateando fogo em seguida. Lucas sentiu os pelos em sua face queimarem com a intensidade do fogo que surgiu na sua frente, ele segurou firme o extintor, se preparou e assim que ouviu o sinal de Ricardo, ele avançou sobre a chama liberando o dióxido de carbono. Foram menos de dez segundos para o fogo apagar, no entanto a sensação e nervosismo fizeram parecer muito mais tempo. Lucas suspirou largando o extintor, olhou para Hélio que sorria orgulhoso de si mesmo e sorriu junto.

Os outros dois grupos foram em seguida, entretanto um deles não conseguiu apagar logo na primeira, a chama voltou muito mais forte, o que fez Ricardo dar uma bronca em todos que estavam ali. Lucas agradeceu por não fazer parte daquele grupo quando escutou os gritos de Ricardo.

– Apesar de alguns erros durante o exercício, vocês completaram a tarefa. Eu gritei com vocês para que tenham noção da seriedade do que estão lidando aqui – Ricardo disse – Agora, vocês podem começar a tirar a roupa de cima para poder entrar no rio. O treinamento de sobrevivência ao mar é indispensável, quem não fizer reprova.

– Mesmo quem tem fobia de água? – perguntou Márcia.

– Sim, porque esse treinamento é para mostrar que estão seguros, independente do medo, vocês precisam sentir na prática que o colete salva-vidas realmente funciona – Ricardo falou ríspido – Todos devem entrar na água.

Lucas notou Márcia ficar nervosa, ele queria poder ajuda-la, mas estava tão nervoso quanto ela. O sol já havia desaparecido e o lugar estava começando a ficar escuro e frio. O vento começou a soprar mais forte e ele só conseguia pensar no quanto a água devia estar gelada.

Lucas começou a tirar sua calça ali mesmo, pois já estava com o shorts por baixo. Ele olhou para Hélio e viu que estava sendo observado descaradamente o tempo todo, sorriu, fingiu que não havia percebido que estava sendo notado e começou a remover sua camiseta lentamente alisando a própria pele com as pontas dos dedos. Lucas se virou mostrando o peito e o abdômen para Hélio propositalmente, pegou sua garrafa de água, começou a beber e deixou um pouco de água escorrer da sua boca sobre seu peito. Ele passou a mão sobre a pele molhada e começou a descer na direção do cós do shorts e quando insinuou que ia abaixar viu Hélio arregalar os olhos e não conseguiu deixar de rir.

– Se você quer é só pedir – Lucas disse provocativo e Hélio o olhou com vergonha – Mas temos que fazer isso em um lugar mais privado.

– Idiota – Hélio disse constrangido – Não sei do que está falando.

– Não me achou bonito? Ou vou ter que tirar o resto das peças para você poder analisar melhor? – perguntou Lucas.

– Não, obrigado, já foi o suficiente esse seu strip-tease – Hélio disse constrangido.

– Confessa que você gostou – Lucas provocou e Hélio lhe fuzilou com os olhos.

Lucas observou um sorriso travesso surgir no canto dos lábios de Hélio que lentamente começou a remover sua camiseta. Ele não pode deixar de admirar os músculos perfeitamente desenhados no corpo de Hélio, sua pele bronzeada era extremamente atraente. Lucas viu Hélio desabotoando a calça e percebeu que o outro estava apenas usando uma cueca box branca, ele engoliu em seco quando notou o volume de Hélio, suas coxas delineadas e se perdeu observando os detalhes daquele corpo só percebendo o que estava fazendo quando Hélio finalmente vestiu o shorts.

– Pode falar – Hélio disse com um sorriso torto – Confessa que você gostou.

– Não tenho problemas com isso – Lucas disse sussurrando próximo ao ouvido de Hélio – Você é muito gostoso.

– Eu sei – Hélio disse se exibindo.

– Muito bem, todos vocês prestem atenção aqui – Ricardo chamou – Vai ser um grupo por vez, quando um voltar o outro vai.

Então o primeiro grupo pode seguir naquela direção e logo chegarão no rio onde o seu instrutor estará esperando vocês.

O primeiro grupo seguiu para o treinamento, logo eles sumiram em meio as árvores e não demorou para se ouvir os gritos das pessoas. Lucas olhou para Márcia e percebeu que ela estava tremendo, ele fez sinal para Hélio que também foi capaz de identificar o nervosismo dela.

– Não se preocupe, estamos com você, faremos tudo juntos – Hélio disse para Márcia na tentativa de tranquilizá-la.

– Sim, somos uma equipe aqui – Lucas falou e observou o primeiro grupo retornando.

– O próximo pode ir – Ricardo ordenou.

Lucas se levantou junto com seu grupo, eles caminharam por menos de quatro minutos na direção indicada e logo viram o rio e as várias pessoas com uniforme militar os aguardando. Ele admirou o local impressionado com a cor da água, pois na sua cabeça, seria uma água quase marrom por causa do barro, no entanto estava cristalina.

– Será que é água tratada? – perguntou Lucas.

– Com certeza – Hélio respondeu.

Eles seguiram sobre um deck flutuante de madeira que os levava até o centro do rio, se organizaram em fila enquanto os instrutores os aguardavam. Lucas observou um dos instrutores e sentiu uma pontada no peito quando notou ser o homem que ele discutiu para defender Hélio antes de entrar no ônibus. O homem o olhou ameaçadoramente assim que reconheceu Lucas, Hélio percebeu de quem se tratava e segurou as mãos de Lucas instintivamente.

– Eu sou Vinicius, sou o líder desse exercício – Falou o homem sério – Essa parte do treinamento não exige que vocês saibam nadar, é simples, é só colocar o colete salva-vidas e ao meu sinal se jogar na água. O exercício é para mostrar que os coletes realmente são seguros e já vou avisando, aquele que se recusar a fazer, já está reprovado. Podem vestir os coletes e afivelar os fechos.

Lucas sentiu um arrepio percorrer suas costas, ele caminhou até os coletes, escolheu um que parecia mais seguro, vestiu e prendeu na cintura. Ele se aproximou da beirada do deck e se posicionou na marcação indicada na madeira. Olhou para a água tentando ver o fundo e não conseguiu mesmo ela sendo cristalina.

– No três vocês todos se jogam na água, não tentem nadar de frente, pois o colete é projetado para deixá-los de costa para a água – Vinicius falou sério – Quando estiverem na água é só movimentar os pés e nadar de costas para a margem.

Lucas ainda não estava pronto, sempre temeu água e morria de medo de morrer afogado, sentiu o desespero começar a subir, porém não queria deixar isso dominá-lo. Uma mão tocando seu ombro e ele virou-se encontrando o sorriso Hélio o que o fez se acalmar.

– Está tudo bem, você consegue – Hélio disse e Lucas concordou com a cabeça.

O instrutor começou a contar, no dois, Lucas respirou profundamente segurando o ar, fechou os olhos e quando ouviu o três deu um passo e sentiu o corpo mergulhando na imensidão. A água invadiu seu nariz e antes de boiar ele afundou ficando submerso pelo que pareceu uma eternidade. Porém logo notou que estava voltando para a superfície, respirou ar puro quando emergiu e tentou acalmar o coração que estava palpitando muito rápido.

Ele olhou ao seu redor e viu os outros começando a nadar de costas em direção a margem. Lucas começou a movimentar as pernas, porém não saiu do lugar, o desespero começou a tomar conta de si e se assustou quando sentiu alguém segurando sua mão.

– Você precisa ficar calmo, eu estou com você – Lucas escutou a voz de Hélio, olhou para o lado e conseguiu vê-lo.

Lucas concordou com a cabeça, respirou fechando os olhos, sentindo os músculos ficarem menos tensos e começou a se movimentar. Não demorou muito para conseguir sentir os cascalhos sobre seu pé e respirou mais aliviado. Ele deixou o rio, suspirando rápido por causa da adrenalina, viu Hélio se aproximar e instintivamente o abraçou.

– Obrigado – Lucas sussurrou no ouvido de Hélio.

– Eu não te deixaria para trás – Hélio falou retribuindo o abraço.

– Se não pular vai reprovar – Lucas escutou e olhou em direção ao deck vendo Vinícius reprender Márcia.

Lucas e os outros se aproximaram e puderam perceber os olhos encharcados de Márcia. Ela estava tremendo bastante e não havia conseguido entrar na água junto com os outros.

– Não precisa ter medo, não vai afundar, eu também estava me sentindo assim – Lucas falou – Mas o colete realmente faz você flutuar de novo.

– Você não entende, eu tenho muito medo, eu tenho pavor, quase morri afogada quando era criança – Márcia disse chorando – Eu não consigo, pode me reprovar, eu não consigo.

– Você não pode desistir, suportou tanto, lutou tanto para chegar aqui hoje e conseguir finalmente ser uma comissária – Hélio disse se aproximando – Se você desistir vai ser tudo em vão, o tempo perdido, o dinheiro gasto, tudo.

– É apenas um passo para o seu futuro, a gente está aqui com você – Lucas falou.

– Eu não consigo! – exclamou Márcia.

– Então está reprovada – Vinícius falou sério e Lucas sentiu a raiva lhe preencher.

– Dá para ficar quieto? A garota tem pânico e falar dessa forma não vai ajudá-la – Lucas disse sem pensar e todos olharam surpresos – Você não vai pular sozinha, eu vou com você – Lucas disse se aproximando e segurando a mão de Márcia.

– Quanta falta de respeito, vou tirar um ponto da sua equipe por isso – falou o instrutor irritado.

– Você pode tirar, mas ela não vai reprovar – Lucas disse com raiva e percebeu o olhar de Hélio sobre si.

– Eu também vou pular com você – Hélio falou segurando a outra mão de Márcia.

– Eu também – falou Vitor quando percebeu o que estava acontecendo.

Um a um todos se posicionaram novamente na beirada do deck, todos unidos, segurando a mão um do outro, transmitindo força, confiança e coragem. Eles elevaram os pés e deram um passo todos juntos. Márcia se desesperou e Lucas com Hélio a seguraram ajudando-a a chegar até a margem.

Lucas retirou o colete, guardou e olhou orgulhoso da sua equipe. Todos estavam se sentindo ótimos com o que haviam acabado de fazer. Ele se aproximou de Márcia, que estava chorando emotiva e a abraçou, olhou para Vinicius que continuava o encarando com ódio.

– Com quantos pontos estamos agora, instrutor? – perguntou ele.

– Nove – respondeu ele trincando os dentes.

– É o suficiente – Lucas disse.

CAPÍTULO 11
PLATAFORMA 23

Lucas ainda estava eufórico com tudo o que havia acabado de acontecer, a equipe retornou ao pátio e eles tiveram permissão para começar a se arrumar. O lugar estava escuro, o sol já havia se posto atrás das árvores e não demoraria para tudo ser tomado pela escuridão da noite. Lucas pegou sua mochila e seguiu Hélio até o meio da mata para poder se secar, tirar as roupas molhadas e substituí-las.

– Foi incrível o que você fez lá – comentou Hélio encarando Lucas – Isso é o que eu mais admiro em você.

– O que? – perguntou Lucas retirando o shorts molhado e torcendo.

– Como está disposto a ajudar todo mundo – Hélio disse se aproximando – Eu também tenho que te agradecer.

– Por ter te ajudado lá no ônibus? – perguntou Lucas observando Hélio se aproximar – Não precisa.

– Não por isso – Hélio disse ficando frente a frente de Lucas.

– Pelo que então – Lucas perguntou.

– Você me fez ter coragem para terminar meu relacionamento e seguir meu sonho – Hélio disse sério atraindo a atenção de Lucas – Eu confesso que antes de vir aqui eu estava disposto a fazer isso, mas ainda cogitando não fazer por medo de ficar sozinho. Você me fez ter a coragem de realmente terminar, fez eu perceber que devo me priorizar acima de tudo.

– Você é incrível demais para se prender em uma gaiola – Lucas disse quase como que um sussurro – Merece voar.

– Eu quero te agradecer apropriadamente – Hélio disse.

– Não precisa – Lucas falou encarando Hélio nos olhos.

– Mas eu quero – Hélio falou tocando Lucas no queixo.

Lucas observou Hélio lhe encarando, podia sentir a respiração quente cada vez mais próxima, ele fechou os olhos e sentiu a sua boca ser tocada pelos lábios de Hélio. Eles começaram um movimento calmo, com toques úmidos e carinhosos. Suas mãos envolveram o cabelo de Hélio afagando enquanto seus corpos ficavam cada vez mais colados. Ambos ainda estavam molhados e usavam apenas cueca, Lucas sentiu a ereção de Hélio roçar a sua, ele não conseguia mais responder pelas suas próprias ações. No entanto Hélio se afastou lentamente permitindo que pudessem respirar.

– É tudo o que eu posso lhe dar – Hélio falou quase como que um sussurro.

– Eu não preciso de mais nada – Lucas falou.

Eles vestiram uma roupa seca e retornaram até o pátio junto das outras equipes. Lucas ainda sentia o toque suave dos lábios de

Hélio sobre sua boca e uma sensação de euforia que dançava em seu estômago.

Eles observaram e perceberam que os alunos que haviam subido para a selva já haviam completado o treinamento e estavam reunidos no pátio também. Todos os instrutores que eles tiveram o privilégio de conhecer estavam parados sobre um palco improvisado aguardando até que as equipes terminassem de se organizar.

O sol já havia desaparecido e todo o ambiente estava escuro, o barulho das cigarras estava alto e todo o pátio era iluminado por luzes enormes instaladas nos quatro cantos do lugar.

– Muito bem, nós instrutores estamos completamente satisfeitos e orgulhosos com cada um de vocês aqui hoje – Falou Ricardo tomando a frente dos instrutores – Vocês foram incríveis, esperamos que possam alcançar todos os seus sonhos e que tudo o que aprenderam aqui hoje seja de grande valia e torcemos para que nunca tenham que usar o conhecimento adquirido no dia de hoje. Para encerrar com chave de ouro, vamos acender o foguete pirotécnico.

Todos se posicionaram em pé, Ricardo chamou um aluno para segurar o foguete, as luzes do lugar se apagaram e uma chama vermelha surgiu no centro do pátio. Por algum motivo Lucas sentiu-se triste, pois esse era o sinal de que estava acabando e grande parte de si queria apenas congelar esse dia em um loop eterno.

Lucas riu quando percebeu sua própria confusão sentimental, ele chegou no lugar totalmente cansado, entediado e irritado, mal conseguia imaginar a hora de ir embora, pois era o que mais queria. No entanto, estava no fim e todos os seus desejos haviam mudado. Ele levantou os olhos e observou a pessoa responsável por isso sorrindo enquanto assistia o fogo avermelhado. *"Então é isso"* pensou Lucas.

– Obrigado a todos – disse Ricardo – Sucesso e boa viagem de volta para a casa.

Eles seguiram até os armários para pegar o celular, Lucas ligou o aparelho, porém notou que estava sem sinal. Eles deixaram o pátio e voltaram para a mesma estrada que mais cedo os trouxe até ali. Lucas pegou a mochila para procurar sua lanterna e notou Hélio rindo do seu desespero em tentar acha-la.

– Sua mochila está uma bagunça – falou Hélio.

– Sim, eu amontoei todas as roupas, agora não consigo encontrar nada – Lucas disse rindo. Levou um tempo até Lucas achar a lanterna e eles voltarem a caminhar em direção aos ônibus.

– Como foi para você se assumir gay? – perguntou Hélio enquanto caminhavam.

– Foi uma história louca, na verdade, eu não me assumi – Lucas respondeu rindo – Me chutaram para fora do armário.

– Não brinca – Hélio falou – E quem fez isso?

– A antiga coordenadora pedagógica da escola – Lucas disse se lembrando de toda a situação.

– Espera. Meu deus que errado! E por que ela fez isso? – Hélio perguntou surpreso.

– Na época eu estava querendo conversar com um psicólogo, mas eu não podia chegar nos meus pais e falar *"Oi mãe, oi pai, quero ir a um psicólogo por que gosto de homens e preciso conversar com alguém sobre isso"* – Lucas respondeu e Hélio acabou rindo com suas expressões – Então eu procurei a coordenadora para ver se a escola dava auxílio nisso. Eu confiei nela e contei o porquê eu queria ir ao psicólogo, aí ela chamou meus pais e contou tudo para eles.

– Que falta ética – Hélio falou e Lucas concordou – E como seus pais reagiram?

– Foi difícil no começo, meu pai é distante até hoje, mas minha mãe me trata como antes, porém finge que não sabe sobre isso – falou Lucas.

– Eu entendo isso, quando assumi meu namoro para o meu pai, ele não gostou e me expulsou de casa – Hélio disse e Lucas o olhou com pena – Para minha sorte eu já trabalhava e consegui uma casa para ficar.

– Mas e sua mãe? – perguntou Lucas.

– Ela morreu quando eu era criança – respondeu Hélio.

– Sinto muito – Lucas disse.

– Tudo bem – Hélio falou – Até hoje em dia meu pai me trata diferente, faz piadas por causa do fato de eu ser gay e morar com outro homem.

– Isso é triste – Lucas falou e Hélio concordou – Meu pai não chegou a me expulsar, bater ou qualquer outra coisa do tipo, mas me trata diferente, prefere meu irmão do meio que é crente e hétero, em resumo, é o filho que ele sempre quis.

– Você fica mal com isso? – perguntou Hélio.

– Não. Na verdade, sempre fui muito independente e nunca me importei muito com o que as pessoas pensam de mim, mesmo que sejam meus próprios familiares – Lucas disse sério.

– É triste ter pais que dizem amar tudo no filho, menos quem eles são – Hélio disse pensativo e Lucas concordou.

– Mas você vai ser alguém de muito sucesso e vai alcançar isso sozinho – Lucas falou passando o braço sobre o ombro de Hélio o puxando para si.

– Nós vamos – Hélio disse.

Eles observaram os ônibus começarem a surgir e seguiram em direção a um deles. Lucas notou que para voltar não tinha tanta exigência como para vir. Eles entraram junto com os outros membros da equipe e seguiram para o assento no fundo.

– Senta comigo – Lucas falou com uma voz manhosa.

– Sabe que não devemos sentar juntos – Hélio disse se sentando no banco da frente.

– Droga de regra – Lucas falou revoltado.

Assim que todos haviam se sentado, as luzes apagaram, o motorista fechou a porta e deu a partida. Lucas ajeitou a mochila no compartimento e se sentou levemente incomodado de a poltrona ao seu lado estar vazia.

– Pode sentar com ele – Lucas ouviu Márcia falar mais baixo para Hélio – Não tem nenhum instrutor aqui, está escuro e ninguém vai ver.

– Oi? – Hélio questionou surpreso.

– Ah garotos, eu percebi a química entre os dois desde a primeira vez que bati o olho em vocês – Márcia disse rindo – Podem sentar juntos, quando estivermos chegando lá eu aviso.

Hélio encarou Lucas surpreso com a atitude de Márcia. Ele se levantou do seu assento e foi para o lado de Lucas que agradeceu Márcia mentalmente por ter percebido o que estava rolando entre eles.

– A gente nem deu na cara, não é? – Lucas falou para Hélio.

– Pelo jeito sim – Hélio falou – Deixando claro que estou sentando aqui única e exclusivamente por que quero continuar conversando com você.

– Eu também quero continuar conversando com você – Lucas disse sério – Mas em outra língua.

– Inglês? – perguntou Hélio sem entender.

– Não! Essa...

Lucas puxou o rosto de Hélio em direção ao seu selando seus lábios, ele sentiu Hélio segurar seu rosto ainda surpreso por causa do beijo. Lucas o trouxe para mais perto colando seus corpos, com uma mão ele abraçou Hélio pela cintura e com a outra começou afagar seu cabelo.

As bocas dançavam em um ritmo excitante, o encaixe era perfeito, Lucas pediu caminho com a língua e Hélio cedeu permitindo que suas línguas entrelaçassem. Lucas interrompeu o beijo, puxou o cabelo de Hélio levemente inclinando sua cabeça para trás enquanto beijava seu pescoço indo até em direção ao lóbulo de sua orelha.

Lucas sentiu a mão de Hélio pressionar sua pele com força quando ele mordeu levemente aquela região sensível. Escutar a respiração ofegante de Hélio lhe excitava de uma forma que nunca havia pensado ser possível.

Hélio segurou seu rosto o puxando para mais um beijo, dessa vez mais calmo, mas não menos excitante. As bocas se tocavam sedentas uma pela outra, ambos exalavam desejo, porém sabiam que não podiam ultrapassar esse limite, principalmente considerando que estavam no ônibus.

– Se a gente não parar eu vou acabar fazendo algo muito errado – falou Lucas em meio aos suspiros.

– Eu sei – Hélio disse se afastando e procurando controlar sua respiração – Isso foi muito intenso.

– Concordo – Lucas disse rindo.

– Eu não vou mentir, eu desejo você, mas não quero estar nessa situação de novo – Hélio disse atraindo a atenção de Lucas que sentiu uma pontada em seu peito.

– Qual situação? – perguntou Lucas.

– Um relacionamento – Hélio respondeu.

– Eu entendo – Lucas falou.

Eles estavam em um momento complexo, ambos se desejam, porém Lucas nunca forçaria Hélio a considerar ficar com ele, não podia lhe forçar essa opção, apenas queria vê-lo seguir para o futuro em busca do seu sonho sem uma pedra no caminho que pudesse fazê-lo reconsiderar. Ainda mais para um relacionamento a distância.

– Eu sempre serei grato a você Lucas – Hélio falou.

– Me passa o seu Instagram – Lucas pediu surpreendendo Hélio – Eu entendo que não podemos ficar juntos, mas quero te acompanhar nem que seja apenas te observando de longe e torcendo pelo seu sucesso.

– Nossa, isso foi intenso – Hélio disse sem conseguir esconder o sorriso em seu rosto.

Lucas seguiu Hélio na rede social e se sentiu levemente mais animado de pelo menos poder manter contato. Porém, quanto mais próximo de São Paulo o ônibus estava, mas ele sentia um aperto no peito. Ele sentiu Hélio deitar a cabeça sobre seu ombro e fechar os olhos dormindo, em seguida começou a acariciar o cabelo de Hélio antes de fechar os olhos se preparando para dormir.

– Acordem – Lucas escutou e abriu os olhos vendo Márcia chama-los – Já estamos chegando em frente à escola.

Lucas abriu os olhos bocejando, vislumbrou as luzes da cidade ao seu redor, acordou Hélio que o olhou por um longo tempo antes de se levantar e voltar ao seu assento. Lucas pegou sua mochila do compartimento e aguardou até o ônibus chegar no seu destino.

O ônibus estacionou e Lucas sentiu receio de descer, ele respirou profundamente, se levantou da poltrona, olhou para Hélio que o fitou por um tempo e saiu primeiro, ajeitou a mochila nas costas e deixou o ônibus.

Ele observou o número grande de pessoas que haviam desembarcado conversando em seus grupos ou falando ao telefone. Hélio o aguardava ao lado da porta do ônibus, ele o encarou e sobre a luz dos postes conseguiu identificar um olhar triste naquele rosto.

Eles não falaram nada um para o outro, se despediram dos outros membros da equipe, Márcia chorou quando se despediu deles e agradeceu várias vezes pelo que eles haviam feito por ela durante o treinamento de sobrevivência ao mar. Aos poucos todas as pessoas foram deixando o local restando apenas Lucas e Hélio.

– Então é isso, não é? – Lucas falou sentindo um aperto em seu coração, ele não estava pronto para isso.

– Não faz isso – Hélio disse o encarando sério – Eu lhe avisei que estava fazendo um jogo perigoso.

– Não me arrependo de nada – Lucas falou sério – Valeu cada minuto.

Lucas não podia dizer o que queria dizer e isso era agoniante, doía mais do que ele esperava. Ele queria implorar para que ficassem juntos, queria abraça-lo, queria que Hélio desse uma chance para a história deles, queria gritar *"eu te amo"* tantas vezes quanto pudesse, mas nem sempre *"eu te amo"* salva, as vezes ele pode simplesmente destruir e isso era a última coisa que Lucas queria, não queria prendê-lo a um futuro incerto, não queria dar a ele esperanças em vão, não queria ser uma pedra no caminho do sonho de Hélio.

Lucas o amava e só entendia isso agora, quando seu peito gritava para que ele dissesse *"eu te amo"*, mas sua boca não podia. Porém ele ansiava em saber o que Hélio verdadeiramente sentia por ele. Precisava saber que não era o único mergulhado em agonia.

– Hélio – Chamou ele fitando profundamente aqueles olhos caramelos – O que eu fui para você?

– Sabe que gosto de você, mas acho que precisa de uma resposta melhor do que essa, não é? – Hélio falou e Lucas concordou com a cabeça – Quando eu olho nos seus olhos Lucas eu me sinto muito estranho. Você faz eu perder minhas forças e ao mesmo tempo me sinto a pessoa mais corajosa do mundo, eu me sinto eufórico, com milhões de borboletas no meu estômago e também completamente apavorado. Para falar a verdade, eu não sei como eu me sinto, só sei que você fez eu desejar ser uma pessoa melhor, me fez ter coragem. É como alcançar o impossível mesmo sem estar preparado.

– Obrigado por isso – Lucas disse sentindo as lágrimas escorrerem dos seus olhos – Uma vez eu li na internet que algumas almas gêmeas estão destinadas a se encontrarem, mas não a ficarem juntas. Eu não sei se você é minha alma gêmea Hélio, mas eu sei que durante toda minha vida eu nunca senti com ninguém o que eu senti com você em menos de um dia.

– Eu também Lucas – Hélio disse e Lucas notou seus olhos aguarem.

– Eu vou embora amanhã meio dia – Lucas falou – Eu não tenho o direito de te pedir isso, mas estarei te esperando lá na Barra Funda, plataforma 23.

– Não prometo que irei – Hélio falou.

– Irei esperar mesmo assim – Lucas disse dando um passo para frente e abraçando Hélio que retribuiu. Lucas se afastou e se inclinou para beijá-lo.

– Não torne isso ainda mais difícil – Hélio disse se afastando.

– Você tem razão – Lucas disse se afastando – Vou te esperar.

– Adeus Lucas – Hélio disse se virando e partindo sem esperar uma resposta.

Lucas sentiu como se centenas de facas estivessem perfurando seu peito, ele queria chorar, queria correr, gritar, mas tudo o que lhe restou foi retornar à pousada em silêncio, mergulhado em seu próprio mundo e remoendo sua própria dor.

Lucas abriu o celular e notou as várias mensagens que se acumularam durante o dia, ele respondeu sua mãe e sua tia avisando que já estava na pousada e ia dormir para descansar. Ele se levantou da cama, retirou a roupa e entrou na água fria do chuveiro deixando a água escorrer sobre sua pele e nesse momento ele se permitiu chorar.

Terminando o banho vestiu uma roupa confortável e se deitou para dormir, porém não conseguiu e a cada meia hora desbloqueava a tela do celular na esperança de ter alguma mensagem de Hélio. Nunca teria imaginado que se sentiria tão feliz e tão triste em um único dia.

A noite passou lentamente e Lucas ficou remoendo as memórias com Hélio, sentindo um aperto em seu próprio coração. Depois de tanto pensar ele acabou caindo no sono e dormiu por causa do cansaço físico e da exaustão emocional.

O despertador tocou e Lucas se levantou, olhou o relógio marcando dez horas, abriu as mensagens e se decepcionou mais uma vez. Se levantou, tomou banho, arrumou sua mochila, colocou-a sobre as costas, entregou o cartão do quarto e chave do portão para a moça responsável pela hospedagem e deixou a pousada.

Pensou em comer algo, porém não sentia fome, apenas desejava chegar o mais rápido possível na rodoviária. Entrou na estação do metrô, comprou um ticket e se surpreendeu mais uma vez com o fato do local estar quase completamente vazio.

São Paulo não era como as pessoas descreviam, existiam seus perigos, porém não era como falavam. Tudo o que havia escutado sobre a cidade grande era histórias exageradas para colocar medo nas pessoas do interior. O treinamento na selva não era como ele imaginava, nada foi como as pessoas diziam que seria, nem mesmo sua relação com Hélio.

Lucas chegou na Barra Funda e seguiu em direção as plataformas, seu ônibus ainda levaria uma hora para chegar, no entanto ele iria ficar esperando no local como prometeu que estaria. Logo Lucas avistou a plataforma 23, procurou ver se Hélio estava em algum lugar, porém não o encontrou, o que lhe deixou ainda mais abatido.

Ele se sentou, não perderia suas esperanças até o último segundo, não podia perde-la, mesmo sabendo que era improvável que isso acontecesse. O tempo passou, o seu ônibus chegou e Lucas notou as pessoas embarcando. Ele intercalava seus olhos entre a hora no celular e a rampa que dava acesso ao local. Hélio não apareceu, o motorista ligou o motor, Lucas sentiu um aperto no peito enquanto embarcava e se sentava na poltrona dezenove.

"Por que achou que ele viria?" pensou Lucas abatido. O ônibus deixou a rodoviária e Lucas respirou profundamente

tentando pensar positivo. Seu celular tocou e ele pegou apressando, porém desanimou quando viu o nome da sua melhor amiga.

– Oi La – Lucas falou atendendo o telefone.

– Oi meu amor – falou Larissa animada – Como você está? Como foi o treinamento?

– Ah foi legal – Lucas disse sem ânimo – A gente aprende muita coisa que eu acho que todos deveriam aprender.

– Eu imagino – ela falou – Está na rodoviária?

– Não, o ônibus acabou de sair – falou Lucas.

– Então você chega mais ou menos umas dezessete horas na casa – ela disse.

– Sim, acredito que mais ou menos esse horário mesmo – Lucas concordou.

– Mas me conta, conheceu alguém lá? – Larissa perguntou e Lucas sentiu novamente uma pontada em seu peito.

– Conheci, mas depois te conto sobre isso – Lucas falou.

– Estou sentindo você um pouco estranho, está tudo bem? – perguntou ela.

– Está. Estou com um pouco de sono ainda e cansado, vou dormir – Lucas disse querendo desligar.

– Tudo bem, aproveita para descansar então – ela falou e Lucas sabia que a amiga já tinha percebido que havia acontecido algo, porém ela respeitou o fato de que ele não queria falar naquele momento – Tchau meu amor, faça uma boa viagem.

– Obrigado, beijos – Lucas falou desligando.

Ele pegou o celular ainda com esperança de ter ao menos uma mensagem, porém não havia nada. Ele abriu o Instagram e notou que Hélio havia acabado de postar um stories. Lucas se sentou melhor na poltrona, abriu o stories e sentiu seu coração palpitar cada vez mais rápido. Tirou um print da tela enquanto não conseguia conter o sorriso e a felicidade ao ver a foto da plataforma 23 com a frase *"Você me resgatou na frequência 121.5 MHz. Agora eu te espero na frequência 122.750 MHz"*.

EPÍLOGO

"Senhores passageiros se dirijam ao portão de embarque A21 para o voo 2199".

Hélio acelerou o passo para a sala dos comissários, precisava se apresentar à nova tripulação em alguns minutos. Ele havia dormido demais, estava bastante cansado, quando desembarcou foi direto para o hotel na esperança de descansar pelo menos um pouco, porém assim que acabaram suas três horas de repouso a empresa ligou avisando que ele estava escalado para um novo voo.

Os voos com mais de dois fusos horários eram muito cansativos e fazia alguns dias que ele não dormia normalmente, mal via a hora de poder ter suas férias, já faziam cinco anos que era comissário, porém a rotina nunca mudava.

Ele entrou no banheiro vestiu o paletó, ajeitou a camisa dentro da calça, arrumou a gravata e lavou o rosto, assim que ia deixar o banheiro deu vontade de urinar. Ele resmungou nervoso, correu até o mictório, desmanchou a camisa para poder fazer sua necessidade.

– Olá – falou uma voz atrás dele. Hélio não se virou pois estava com pressa em terminar aquilo – Atrasado?

– Sim – respondeu Hélio irritado.

– Você lembra qual é mesmo a frequência geral de comunicação na aviação? – perguntou a voz e Hélio só queria ser deixado em paz.

– 122.750 MHz – respondeu ele arrumando novamente a camisa dentro da calça.

Hélio se virou e viu um homem vestido com o uniforme de comissário da empresa, assim que percebeu quem era tomou um susto, seus sentidos explodiram, um arrepio percorreu suas costas, sentiu fraqueza nas pernas e vontade de chorar.

– Eu te encontrei – falou Lucas.

AGRADECIMENTOS

Meus agradecimentos especiais vão à Larissa que me apoiou nessa ideia desde o início, que me ouviu, aconselhou e esteve presente em cada momento de concepção dessa obra. Obrigado, meu amor, por ser a pessoa que sempre me encontrará quando eu estiver na frequência 121.5 MHz.

Também agradeço profundamente a Rosane Filha, ao qual eu tenho um carinho especial. Obrigado por dispor do seu tempo para ler essa obra antes de todos.

E por último, meu mais sincero agradecimento à todas as pessoas que leram Frequência 121.5 ou outras das minhas obras. Vocês sempre terão um lugar especial no meu coração, pois é de vocês que vem minha inspiração e motivação.

OUTRAS OBRAS DE SAMUEL DRACULLIA

DELICADAMENTE FATAL

Duas famílias se encontram frente a frente em uma reunião que decidirá o futuro de seus dois filhos, Jackie e Adam, que, irremediavelmente foram unidos pela tragédia.

Quais segredos ambos escondem? Até onde você iria na busca pelo insaciável desejo de recuperar sua alma fragmentada?

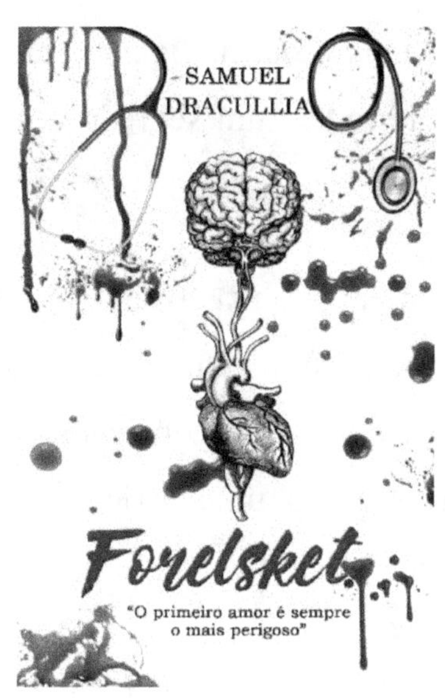

FORELSKET

Aart é um jovem estudante de medicina que acabou de se transferir para uma nova universidade na grande São Paulo. Sempre vendo a vida de uma maneira positiva e tentando alegrar a todos às sua volta, ele logo chama atenção de todos na nova universidade. Porém, apesar de sempre viver alegre, Aart nunca se apaixonou por alguém em sua vida, mas tudo muda quando vê pela primeira vez o misterioso Basil e sente um turbilhão de emoções que em seu íntimo queima como fogo.

Basil é um rapaz cobiçado por sua beleza e inteligência, mas também é temido por sua frieza e indiferença. É na maioria das vezes calmo e por algum motivo evita contato com as pessoas ao seu redor.

Apesar da aparência bela e da inteligência elevada, Basil esconde um grande segredo de todos, um segredo que assustaria qualquer pessoa a sua volta.

Aart decide tentar conquistar Basil sem ter noção dos perigos que lhe espera. Ao mesmo tempo que um emaranhado de assassinatos em série começam a acontecer abalando a vida dos dois e os levando a navegar em uma série de conflitos que podem ameaçar suas próprias vidas.

Aart entende que existem riscos de se entregar nas mãos de Basil, mas mesmo assim o faz, se envolvendo em um mundo sombrio de mentiras e trapaças, onde poder e desejo é tudo o que importa, enquanto luta contra a cruel dúvida de quem é o assassino?

Forelsket é uma palavra norueguesa que significa a euforia de se apaixonar pela primeira vez. O primeiro amor é como fogo, e as labaredas podem queimar...

SOBRE O AUTOR

Samuel Dracullia nasceu dia 03/07/1999 em Itapeva, cidade do interior de SP, Brasil. Desde muito jovem é apaixonado pelas artes e pela literatura, com doze anos começou a escrever peças teatrais na escola e desde então soube que queria ser escritor. Com quatorze anos, ele ingressou em uma companhia de teatro, escrevendo diversos roteiros e vivendo, como ele mesmo gosta de dizer, "mil vidas em uma só".

Ao terminou o Ensino Médio, Samuel ingressou em um curso técnico de Tecnologia da Informação e se formou com 18 anos. Nesse período ele intercalava os estudos com o trabalho de auxiliar de biblioteca em uma das mais prestigiadas universidades do Brasil, a UNESP.

Foi ali, em meio aos livros que Samuel começou a escrever de forma amadora e por diversão. O tempo passou e atualmente, 2021, com 22 anos, ele está concluindo seu curso de Licenciatura em História na Universidade Paulista (UNIP). Já atuou como professor eventual em escolas municipais onde levou inspiração para centenas de jovens e crianças.

Foi durante a pandemia do Civid-19, que Samuel resolveu colocar nos papéis suas ideias e inspirações e dessa maneira surgiu seu primeiro conto publica, Delicadamente Fatal, seu primeiro livro publicado, Frequência 121.5, e seu primeiro romance publicado de forma amadora, Forelsket (publicado no Wattpad).

SIGA O AUTOR:

 www.instagram.com/samuel.dracullia

 www.facebook.com/SamuelDracullia

 www.tiktok.com/@samuel_dracullia